水边的文字屋

曹文轩 著

人民文学出版社
天天出版社

图书在版编目（CIP）数据

水边的文字屋 / 曹文轩著. -- 北京：天天出版社，2014.8
（曹文轩文集）
ISBN 978-7-5016-0885-0

Ⅰ.①水… Ⅱ.①曹… Ⅲ.①中国文学—当代文学—
作品综合集 Ⅳ.①I217.2

中国版本图书馆CIP数据核字(2014)第155137号

责任编辑：王　苗　　　　　　　　**美术编辑**：李　钊
责任印制：李书森　康远超

地址：北京市东中街42号　　　　　**邮编**：100027
市场部：010-64169902　　　　　**传真**：010-64169902
http://www.tiantianpublishing.com
E-mail: tiantiancbs@163.com

印刷：保定市中画美凯印刷有限公司　　**经销**：新华书店
开本：880×1230　1/32　　　**印张**：5.875　　**插页**：6
2014年8月北京第1版　　　2015年2月第2次印刷
字数：130千字　　　　　　**印数**：10,101-20,100册

ISBN　978-7-5016-0885-0　　　　　**定价**：20.00元

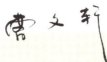

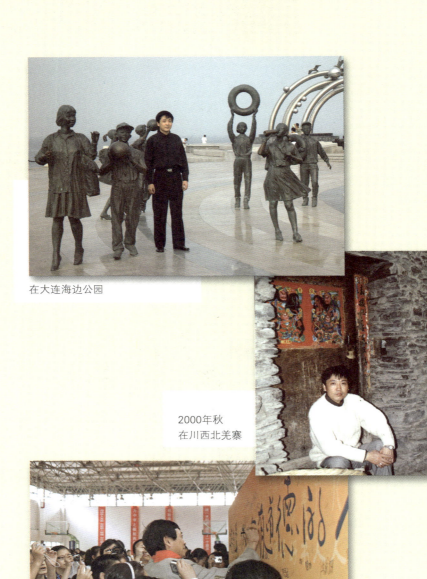

在大连海边公园

2000年秋
在川西北羌寨

在读书节
宣传牌上签名

序

曹 文 轩

因各种各样的缘故,收在这一文集中的文字并非是我所写文字的全部,但它们已基本可以说明我的文学理念和我的写作状态了。

我对文学的理解始终不是主流的,也不是流行的。

我的处境,我的忽喜忽悲、忽上忽下、忽明忽暗的心绪,常常会使我无端地想起儿时在田野上独自玩耍的情形——

空旷的天空下,一片同样空旷的田野上,我漫无目的地走着,穿过几块稻田,穿过一片林子,走过一汪水平如镜的池塘,走过一座细窄摇晃的木桥……

就这么走着走着,忽然看到芦苇叶上有一只鸣叫的"纺纱娘",我先是一阵出神的凝望,然后将右手的三根手指捏成鸟喙状,弯腰缩脖,双眼圆睁,蹑手蹑脚地走过去,但就在微微张开的"鸟喙"马上就要啄住它时,它却振翅飞走了。于是我只好用目光去捕捉，捕捉它在阳光下飞过时变成精灵样的身影——一小片透明的绿闪动着，在空中悠悠地滑过，终于飘飘然落在大河那边的芦苇叶上。我望见先前那片单薄的芦苇叶空空地颤悠了几下，不由得一阵失望，但随着"纺纱娘"的叫声怯生生地响起，我的心思又在不知不觉中游走开了……

一群鸭子从水面上游过，我先是看它们争先恐后地觅食，用嘴撩水洗擦羽毛，再看雄鸭追撵母鸭，弄得水上一片热闹。过不多久，我就暗暗生起恶念，顺手从地上抓起一团泥块，身子后仰，然后向前一扑，奋力将泥块掷向鸭群。随着一片浪花在太阳下"哗哗"盛开，鸭子"呱呱"惊叫着拍着翅膀四下逃窜，我的心头按捺不住一阵兴奋；再歪头看时，只见正悠闲地坐在小船上抽烟的放鸭老头忽地站起，小船晃悠着，他也晃悠着，用手指着我怒吼——声音也在晃悠着。我捏着鼻子朝他"哼哼"几声，然后再捡起一团泥块更加用力地掷出，也不看一下水上的情景，就撒腿跑掉了。晃悠的怒吼追了过来，在我的耳边震荡着，我的心里却荡开莫大的愉悦……

我在田野上走着，看一只瘦长的河蚌在清清的浅水中于黑泥上划出一道优雅的细痕；看一只只肥肥的野鸭笨重地落进远处的河水中，犹如一块块砖头从天而降"咚咚"砸落；听天地相接处断断续续地传来吆喝水牛的苍老声音；听大河中不知从哪里来的大船上异乡女子呵斥她娃的清脆嗓门……

看不够听不厌的田野，勾着魂，迷着心，让我痴痴地走，痴痴地耍。但，就在这不断上演的田野好戏让我流连忘返时，忽地就有孤独悄然攻上心来，于是我慌张四顾，那时田野空大无边，自己成了蚂蚁大小，而田野还在一个劲儿地长着，不断地往四下里铺展。后来,我爬到一座大坟的高顶上,在寂静的天空下转动着身子,觉得孤独犹如迷雾从四面"呼呼"涌来,我不由得大声尖叫;叫了一阵,就见恐惧从远处林子里正朝这边走来。我哆哆嗦嗦地坚持了一阵,终于仓皇冲下坟来,朝着家的方向落荒而逃……

然而,过不多久,我又会被田野吸引着而重新回到田野上,继续重复那个过程、那些游戏……

这些年来,总有这少年时田野上的感受:兴奋着,愉悦着,狂喜着,最终却陷入走不出的寂寥、孤独,甚至是恐慌。

我常常突然怀疑起自己的文学主张,并由怀疑自己的文学主张进而怀疑自己的感觉、见识、思维方式,甚至是智力。

就像魅力田野一般,文学还是不可抵抗地迷惑了我——更准确地说,那些文学理念还是迷惑了我,使我无法自己。就像在完成一个谎言,我也一直为我所认同的理念进行着理论和逻辑上的完善。我一直企图要让我的文学理念成为无懈可击的、圆满的、合法的言说,因此我可能是一个更喜欢在大庭广众中诉说自己文学理念的人。我之所以这样,也是在为自己壮胆,在试探他人的认同,最终是想通过这一次又一次的诉说而使自己的理念更趋完整和完善。但我很快发现,那种在高深处建立理论王国的做法是相当困难的;再后来,我选择了一种朴素的思考和论证,我开始经常性地进行原始的、常识性的,同时也显得有点儿过时的发问和诉说——

"今日之世界,文学的标准究竟是由谁来确立的?"

我曾在中韩作家论坛、中日作家论坛以及其他许多场合问道:"是中国人吗?是韩国人吗?是日本人吗?大概都不是,是西方人。"

西方文学在经过各路"憎恨学派"对古典形态的文学不遗余力的贬损与围剿之后,现在的文学标准,也就只剩下一个:深刻——无节制的思想深刻。这既是诺贝尔文学奖评奖委员会的标准,也是掌握话语权的专家学者们的标准。于是我们看到全世界的文学,绝大部分都在这唯一的维度上争先恐后地进行着。"深刻"这条狗追撵得人们撒丫子奔跑,往阴暗里去,往恶毒里去,往垃圾上去,往乱伦上去,往自虐、嗜血、暴力、兽奸、窥视、舔脚丫子等诸多变态行为上去,因为这里才有深刻,才有写作的资源和无边无际的风景。这一标准,成为不证自明的甚至是神圣而庄严的标准,十八、十九世纪文学中的优美平衡,就在这风起云涌的新兴文学中被彻底打破了(那时的文学是由深刻的思想、审美、悲悯等诸多维度共同组成的),并吸引了成千上万的文学朝圣者,气势非常壮观。

可是,韩国、日本、中国在数千年中由一代又一代的文学先辈们于长久的文学实践中建立起来的文学标准里,有"深刻"这一维度吗?没有——尽管在它们的文学中一样蕴含着无与伦比的深刻。

就中国而言,它在谈论一首诗、一篇文章或一部小说时,用的是另样的标准、另样的范畴:雅、雅兴、趣、雅趣、情、情趣、情调、性情、智慧、境界、意境、格、格调、滋味、妙、微妙……说的是"诗无达诂"、"羚羊挂角无迹可求"之类的艺术门道,说的是"昨夜西风凋碧树,独上高楼,望断天涯路"、"衣带渐宽终不悔,为伊消得人憔悴"、"众里寻他千百度,蓦然回首,那人却在灯火阑珊处"之类的审美境界。"深刻"一词不知是何时才出现的?有谁向我们证明过我之"意境"就一定比你之"深刻"在价值上来得低下呢？没有任何人做过任何证明。怕是我能抵达你的"深刻"而你却无法抵达我的"意境"吧？

"如果没有那样一些所谓'深刻'作品，我们是不是会生活得更好一些呢？"

这也许是一个最朴素却也最能使人暂且停下前行脚步的发问。那些以揭示人性的名义而将我们引导到对人性彻底绝望之境地的作品，那些令人不寒而栗犹如深陷冰窖的作品，那些暗无天日让人感到压抑想跑到旷野上大声喊叫的作品，那些让人一连数日都在恶心不止的作品，那些夸示世道之恶而使人以为世界就是如此下作的作品，那些使人从此对人类再也不抱任何希望的作品，那些对人类的文明进行毁灭性消解的作品，那些写猥琐、写浓痰、写大便等物象而将美打入十八层地狱的作品，我们真的需要吗？

我们的生活本来就已经很糟糕了，看完了那些作品，就只能更加觉得糟糕。我们的日子过得本就很压抑了，看完那些作品，就只能更加觉得压抑。难道费时费神地阅读文学，就是为了获得这样一个阅读效果吗？难道阅读者也与那些文学一样喜欢阴沟与苍蝇、喜欢各种各样的变态情趣吗？文学在引导人类方面是否具有责任？文学在推动人类文明进步方面是否具有责任？文学是要将我们的生活变得更好还是变得更坏？退而言之，倘若生活就像那些作品所揭示的那样真的令人不堪，是否也还应有另样的作品存在——它不是模仿生活，而是让生活模仿它？人类之所以有今天这样的文明，文学在其中的力量和功德是不言而喻的。难道现在文学要中断这样的责任了吗？让生活向下还是向上，向善还是向恶,难道文学就完全没有必要对这样最起码的问题进行拷问吗?

"如果川端康成与大江健三郎两人生活的年代颠倒一下,大江在川端时代写大江式的作品,川端在大江的时代写川端式的作品,这两个日本人还会获得诺贝尔文学奖吗?"

回答几乎是肯定的:不会。因为川端时代的文学的标准还不只是"深刻"一维。而大江时代,却将川端文学的命根子——美——彻底抛弃了。

这个时代,是一个横着心要将"美"搞成矫情字眼、一提及就自觉浅薄的时代。这个时代是讲思想神话的时代,悠悠万事,唯有思想——思想宝贝。文学企图使人相信,在这个世界上,唯一值得人们尊重的就是思想,思想是高于一切的;谁在思想的峰巅,谁就是英雄,谁就应当名利双收。正是在这样的语境中,我们患上了"恋思癖"的毛病。对思想的变态追求,已使我们脱离了常识。当我们穷凶极恶地在追求思想深度的时候,我们忘记了一个常识:获得石油必须钻井,因为石油蕴藏在具有一定深度的地下,但如果以为钻得越深就越有石油那就错了,因为再无止境地钻探下去,就是泥浆和岩浆了。思想崇拜,会导致思想迷信,而思想迷信则一定会导致思想的变态,其结果就是我们放弃常识,进入云山雾罩的思想幻觉。其实,一旦背离真实,一个看上去再深刻的思想,也是无意义的。更何况,这世界上有力量的并不只有思想。我还是愿意重复我的老话:美的力量丝毫也不亚于思想的力量,有时甚至比思想的力量更加强大。

"一种牺牲民族甚至人类的体面的文学境界,是值得我们赞美和崇尚的境界吗?"

斯洛文尼亚的齐泽克在谈到前南斯拉夫时代萨拉热窝被围困的情状时说，那些闻风而来的西方记者争先恐后寻找的只是：残缺不全的儿童的尸体、被强奸的妇女、饥饿不堪的战俘。这些都是可以满足饥饿的西方眼睛的绝好食粮。他发问道：那些媒体为什么就不能有一些关于萨拉热窝居民如何为维持正常生活而做出拼命努力的中肯报道呢？他说，萨拉热窝的悲剧体现在一位老职员每天照常上班，但必须在某个十字路口加快步伐，因为一个塞尔维亚的狙击手就埋伏在附近的山上；体现在一个仍正常营业的迪斯科舞厅，尽管人们可以听见背景中的爆炸声；体现在一位青年妇女在废墟中艰难地朝法院走去，为的是办理离婚手续，好让自己和心上人开始正常生活；体现在一九九三年春季在萨拉热窝出版的《波斯尼亚影剧周刊》上关于斯克塞斯和阿莫多瓦的文章中……齐泽克说的是：哪怕是在最糟糕的情况之下，萨拉热窝的人们都在尽一切可能地、体面地生活着。

一个民族的文学和艺术，哪怕是在极端强调所谓现实主义时，是不是还要为这个民族保留住一份最起码的体面呢？如果连这最起码的体面都不顾及，尽情地、夸张地，甚至歪曲地去展示同胞们的愚蠢、丑陋、阴鸷、卑微、肮脏、下流、猥琐，难道也是值得我们去赞颂它的"深刻"之举吗？我对总是以一副"批判现实主义"的面孔昂然出现，以勇士、斗士和英雄挺立在我们面前的"大师"们颇不以为然。不遗余力地毁掉这最起码的体面，算得了好汉吗？可怕的不是展示我们的落后和贫穷，可怕的是展示我们在落后和贫穷状况下简直一望无际的猥琐与卑鄙，可怕的是我们一点儿也不想保持体面——体面地站立在世界面前。你可以有你的不同政见,但不同政见并不能成为你不顾民族最起码体面的理由。

这种"深刻"怕是罪孽。

我无意否定新兴的文学——恰恰相反,我是一个对新兴的文学说了很多赞美之词并时常加以论证的人,而我本人显然也是新兴文学中的一分子,我所怀疑和不悦的只是其中的那一部分——"那样"的一部分。

若干年后,也许我忽然于一天早晨发现自己错了,大错特错,忽然明白那在云端(或是十八层地狱)的"深刻"才是唯一的,才是文学的大词,大道中的大道,我一定会悔过的——悔过之后,也一定会往"深刻"上去的。我毕竟是一个与文学耳鬓厮磨打了这么多年交道的人,多多少少还是知道一些"深刻"的路径和秘诀的,或许做起来也是很深刻、很深刻的。

是为序。

二〇〇九年十二月二十二日夜于北京大学

目　录

第一辑

第二辑

第 三 辑

第　一　辑

茶　园

　　茶园是一道中国风景。我相信,在世界上的任何一个国家都不可能再找到一幅与此同样的风景。这一幅图景只能在中国。一个有自己特定文化的国家,必有自己特定的风景。这就是我们在看电视或在看画报时,一见到某一种风格的建筑或某一条街道,在无人说明的情况下,就能很快判定这是在哪一个国家的原因。文化的奇妙作用,甚至使自然环境都有了特别的情调。我们看到了一座山或一条河流,甚至是小小一片树林,都有可能判定出那一刻我们所看到的景象是在哪一个国家的土地上。就说这茶园上的一丛丛翠绿的修篁①吧,岂不是中国情趣的选择吗?

　　茶园是中国文化的典型产物。

　　"闲适",是中国人认定的最高生活境界。"清闲""消闲""轻闲""休闲""闲雅""散淡""清静"以及"闲云野鹤""无官一身

----

　　①　修篁:竹林、竹子。

轻"……闲为幸事。中国历来将"闲人"形象作为最理想的形象。苏东坡有词云:"清夜无尘。月光如银。酒斟时须满十分。浮名浮利,休劳苦神。叹息中驹,石中火,梦中身。虽抱文章,开口谁亲?且陶陶乐尽天真。几时归去,作个闲人?对一张琴,一壶酒,一溪云。"杨万里道:"日长睡起无情思,闲看儿童捉柳花。""松荫一架半弓苔,偶欲看书又懒开。戏掬清泉洒蕉叶,儿童误认雨声来。"活画出一副慵懒惬意的形象来。《老残游记》中的老残,何取"残"一字?因他慕唐朝衡岳寺和尚明攒禅师。那和尚性懒散,时常吃人吃剩的食物,号叫"懒残"。可见崇尚闲适到了什么样的地步。丰子恺在他的一篇散文中写了一个钓虾人。那人每次只钓三两只虾便不钓了,问他为什么,他答道:"够下酒了。"也是说的这种生活意境。

饮茶便是达到闲适境界的若干幽径中的一条。也可以说,饮茶这种形式,是中国文化必然要生发出来的一种形式。说来也怪,新泉活火,一人独饮,或邀三两位友人一起品味,若再配得好的茶具,又在一个好的环境里,人便能一下子忘掉尘世的喧闹,入了一个平和、素淡又很有雅趣的境界。饮茶这一形式,实在不仅仅是个空空的形式,而是有意味和境界的。至于那种有着禅意的饮茶,则是更高的境界了,大概不是这些坐茶园喝茶的白丁俗子们所能领略与体味的。

明代陈眉公有《茶董小叙》,是说饮茶的道理的。其中,茶与酒的对比最妙:"热肠如沸,茶不胜酒,幽韵如云,酒不胜茶,酒类侠,茶类隐,酒固道广,茶亦德素。"酒是让人热的,茶是让人清的,酒是让人动的,茶是让人静的。看来,如果饮酒没有特殊的中国方式与之搭配,是无法划入中国文化之列的。而饮茶才是真正的中国文化。

茶园是中国人的一个好去处。

擦 鞋 童

街头上,人流中,有一个小小的擦鞋童。

乍一看他的背影时,我突然想到了我的小外甥。那天,小外甥在野地里疯玩,他的外婆多少次唤他回来帮着剥毛豆,他就是不归。我捉住了他,扯着他的耳朵往回拖。他一路"咯咯"地笑,一路故作痛苦地叫唤。后来他不得不坐在他外婆早已给他放好的小凳子上,开始很不老实地剥毛豆。那是上午,我家院子中间的一棵极高的水杉树的树顶上,正有一只鸟在鸣啭。我跑回屋里取出相机,本是想照枝头上的鸟,结果看到了小外甥坐在凳子上剥毛豆的样子,却照了他。最让我惊奇的是,我外甥的脊背、头型、弯曲着的双腿,整个姿势与眼前这个擦鞋的孩子竟是那样的相似。

然而,我知道,这个孩子肯定不是我外甥。

我外甥的头发虽然也总是长得很长,但那是因为他不肯理发。每次要他理发,大人们总要允诺他许多很优惠的条件,比如晚上不逼他用功写字,比如让他去小镇上逛一趟,再比如同意他养一只狗。仿佛那不是让他理发,而是让他代别人去牺牲似的。我外甥的衣服虽然也常是破的,但那是因为他爬树被树枝挂破的,或是因为与同龄的孩子打架被人家扯破的,或者干脆是他自己不知好歹地拿了一把刀子,在身上试着它的锋利,把衣服硬生生割破的。我的外甥虽然也总是不穿袜子,但那是因为他不肯穿,他嫌穿袜子麻烦,嫌穿袜子束缚得难受。我几次亲眼看到他的妈妈追着他,哄他穿袜子。

我的外甥是无忧无虑的,是在一群亲人的疼爱娇宠中,几乎没有一丝阻碍地流露着他的童真与天性的。他能与我的儿子比赛着吃冰棍,一口气吃掉八根,然后肚子疼,疼得在地上"哎哟哎哟"地乱打滚儿,吓得他的奶奶、外婆惊慌失措。家里来了客人,他的妈妈让他去小商店买酱油。他提着空酱油瓶一路走,一路用竹竿劈杀路边的青草与庄稼。后来,他发现一只野兔,追野兔去了。野兔没有追着,却遇到了另一个小孩,他便与那个孩子到河边捉虾去了,早把买酱油的事忘在了脑后。这里,他的妈妈还因为在等着他的酱油炒菜款待客人而一次又一次站到门口往路上眺望呢。那天,他决定要做一次化学试验,把捡来的塑料瓶盖之类的东西放在一块铁板上,再把铁板放在炭炉上。那塑料开始熔化,他便用一根筷子去搅动。塑料粘在了筷子上,他随意一甩,一大滴滚热的塑料熔液便甩在了自己光着的腿上,疼得他一边大声尖叫,一边往河里跑去。皮还是烫破了,他眼泪汪汪,搞得一家人都围着他,一边骂着他,一边心疼得不得了,恨不能都要把他的烫伤弄到自己的腿上。那几天,他在温暖的爱抚中,一面显得很娇气,一面又显出一副牛气哄哄的样子,仿佛他是个英雄,仿佛那伤是在战场上被敌人用刀砍的。外甥长大了,进城里读中学了。城里住着他三个姨妈。那三个姨妈几乎时时刻刻将他的冷暖放在心头。他的鞋子、袜子、衣服还不等脏,就被姨妈们逼着换下,取回家中洗了。他也懂事了,知道脸红了,对大人们的疼爱倒一日一日地不习惯起来了。

这小小的擦鞋童,他也有一个我外甥那样的童年吗?他坐在那样肮脏的小凳子上,用那双本应该捕鸟的手,本应该抚摸小狗的柔软长毛的手,本应该翻动连环画册的手,本应该牵拉着大人衣角走在闹市上的手,在那些不住地伸到眼前来的鞋子上小心翼翼地涂着鞋油,吃力地不停地扯动着擦布。当黄昏来临,行人渐稀,微黄的路灯亮起,终于不再有肮脏的鞋子伸到他的面前时,他仰起疲倦的面孔,那对依然乌黑却显得有点儿黯淡的眼睛,将会看到什么?

手　　感

　　在日本一住就是十八个月,将要离开时,有朋友问我,日本留给你印象最深的是什么,我说:是日本人的手。

　　十八个月里,我去花店,去瓷器店,去菜场……在我去过的所有地方,我总能看见那些手,在不停地劳作,动作迅捷,轻重得当,分寸感极好。我常觉得它们很像我家乡池塘清水中一种体态柔韧秀气的鱼:它们忽上忽下,忽东忽西,灵灵活活地游动着,其间,忽遇微风吹来,或是受了一片落叶的惊扰,一忽闪,泛出一片银银鳞光,转瞬间就不见了;而你正疑惑着,空虚着,它们却又从另外的地方,轻轻盈盈地游到了水面上。东京吉祥寺有家小小的瓷器店,我常去那儿观赏。就那么一间屋子,却摆了无数的陶瓷制品。我真佩服那几位售货的小姐和先生,他们的手不停地整理着货架上的物品,或撤换下几只杯子,或新添上去几只盘子,那一拿一放,只在一瞬之间。若客人想买一只杯子,他们居然能一伸手,就在一个挨一个的杯子中间,轻而易举地取出来那一只,而当客人看后不打算买时，又一伸手，稳稳当当地将它放回到原来的位置上。陶瓷制品，很娇气，极易破碎，那货物又摆得那么稠密，总让人有些担心。但我从未见过有一只杯子或一只盘子因他们的失手而跌落在地上打碎的。在狭小的空间中寻购货物的日本人，似乎身体与手的感觉也都颇好。我无数次地去过无数家这样的瓷器店，就从未见过一回有人碰落物品的情景。

这些手在你眼前不停地闪现，将东西包成应该包成的样子，将东西摆成应该摆成的样子，将东西做成应该做成的样子，准确，到位，干净利落，绝不迟缓和拖泥带水。你见着这些手，就会在心里亮闪闪地跳动着一个词：手感。

你若再去凝视、品味那些实物，如家具，如文具，如点心，如各种各样的工艺品，你都能透过这些东西的表象看出一双双手感很好的手来。

他们还会很刻意地把他们的手感想办法传导到你的手上，让你觉得被你的手抓握住的那个东西手感很好。它们给你的手带来了舒适与惬意，甚至是快感，以至于你会沉湎于这种快感之中。我手里使用的一台 Olympus 相机，抓在手中时，那种让你舒服的手感，能直浸润到心上。那几个恰到好处的凹痕，避免了那些平整如砖的外壳所有的生硬与僵直。几个手指正好放在这些凹痕里。此时，那些个手指，犹如一个懒洋洋的人见到有弹性的床、软和而温馨的被子。你的手指就会像春天里的几只小鸟埋在窠里不想出来。

在感叹的那一边，我常禁不住去想中国——

当你去看中国的物品器具时，你就无法拒绝一个强烈的印象：

粗制滥造。那些活儿，总是做得简陋而粗糙。那些做活儿的人，既不求精细也不求漂亮。仿佛，只要有那样一些东西，便也就是制造的目的与终点了。二十多年前，我在北大读书时，住在三十二楼的四楼。打开水时，要到二十八楼去。宿舍里有四只水壶，其中有两只还是北京产的名牌水壶（我真不好意思说出这个品牌），那壶把儿简直就是块薄铁片做成的，抓在手中，犹如抓着一把锋利的刀片。当我从二十八楼将四壶水提到三十二楼四楼时，总是迫不及待地将门踢开，立即放下水壶，然后不住地甩着被壶把儿咬割得生疼的手。甩了一阵，再去看看那几乎要流出血来的咬痕，又不住地用嘴去呵护着。令人伤感的是，直到今天，那水壶的把儿依然本色不改，一如从前，锋利如刀。那些制造水壶的人，他们的手难道就失去知觉了吗？难道连一丝一毫的手感都没有了吗？从中关园搬到燕北园之后，我要添些餐具，跑了好几家瓷器店，竟然没有挑出几只我稍微满意的碗来。且不说那图案几十年来就那么单调的几种，光那碗的大小，就很不相等，还不怎么圆，十只碗叠在一起时，总是那么令人揪心地晃荡不止。那碗底粗粗拉拉，初时不在意，在刚买回来的一张饭桌上拉来推去的，竟将那崭新的桌面犁出一道一道痕来，让人心疼不已。我只好拿出去，在走廊的水泥地上一只一只打磨它们。

有些活儿，本应是充满柔性的，但那些人就是没有轻重，一拿一扔，一敲一砸，能让你一阵阵心惊肉跳。一九九二年夏天，我的一块梅花表的表蒙子破裂了。去了几家修表店，皆无合适的可换。我只好去自由市场找修表的摊子。我问一个从浙江来的修表匠有无梅花表的表蒙子好换，他也不看一看是什么样的一块表，张口就来:"有的。"说罢,他就拉开抽屉,将那一堆表蒙子拿出来一个一个地试。那表蒙子一只一只都糊里糊涂的,使人怀疑那是他用自己捡来的塑料烧化而成。试了十几二十个,也未能找到一个合适的。毫无希望时,他说:"这只可以。"然后像倒煤渣一样将表中一个金属圈倒出,还未等我反应过来,他就用一把锈迹斑斑的老虎钳子,像掐铁条似的将那金属圈掐断了。我很生气:"你怎么能如此蛮干?"他还很有理:"不掐断它一截,蒙子又怎能安上?"表蒙子就这样被很野蛮地勉强装上了。但我再也不肯戴那块表,因为心里硬觉得它已残废了。我很生气了几天,但后来想:这种事情不是天天都在发生着吗?那些所谓的手艺人,不都是这样干的吗?长了就"咔嚓"一剪子,短了就放在铁砧上用锤子反复地砸长它一点儿,最后能凑合着杵进去就成。修项链,他就敢用拔铁钉的钳子;修眼镜,他就敢用重磅大锤。修那些脆弱娇气之物,他就敢像拆卸拖拉机一样下得去手。这样一想,也就不生气了。台湾的龙应台先生问:中国人,你为什么不生气?我却要问:中国人,你能生气吗?——都生气,还不气死?

　　我不知道中国人与日本人在手感上的差距到底是从何时形成的。我只知道,中国人在过去,其手感绝不是这样糟糕的,恰恰相反,是非常出色的,出色得让世界仰慕。古时的建筑以及种种器物,还有那么多在那儿存在着,它们明白而有力地向世人显示着从前中国人双手的能耐、美妙与超凡脱俗。看从前文人的文章——无论唐宋还是元明清,你都可得知,从前的中国人是极讲究工艺手段以及手段的精妙的,并有一大群人能做极细腻而深刻的鉴赏。在中国文化里,就有对工艺津津乐道、对工艺之美的欣赏达抵禅化境界的一脉,那是一种很高的令他国望尘莫及的境界。不说太远,只看二十世纪二十、三十、四十年代的那些文人(如周作人、林语堂、丰子恺、梁实秋等)的文章,也就能得出这一印象。

我真不太明白,后来,这曾被激动地浪漫地讴歌过的"劳动人民的一双大手",怎么就变得如此粗糙、如此钝化、如此笨重了呢?

我们有许多文学作品是写手的(扭转乾坤的手、推翻三座大山的手、改天换日重新安排河山的手、描绘祖国锦绣江山的手……)。有许多关于手的连篇累牍的赞美之词。我在想:这些手在做了这么许多惊天动地的大事之后,总该实际一些,将房屋、将大大小小的物品器具做得精细一些、地道一些、美观一些、稍微像点儿样子吧?

我想不太明白,但我一直在追问这衰弱的原因:

可能与制度相关。这种没有竞争机制的制度,很容易使人堕落与懒惰。失去了勤奋思考、刻苦劳作的刺激,失去了"你不把东西做得比我的好你就得去喝西北风"的生存"厮杀",从而让一双双手闲置起来,久而久之,失去了灵性。

社会的连年动荡和反复无常使人心涣散不聚、失诚不古,使人消极委顿、玩世不恭。失去人生的庄严与认真,自然也就失去了做活儿的庄严与认真。

政治色彩过于强烈与绝对化的生活,否决了一种有情调的生活。生活不再具有审美价值,而只剩下实用价值。面对一件器物,人们仅仅只想到它是否可以用于盛水或者用于烧煮,而不再能剥离这些实用,暂且将它孤立出来作为审美之物。于是,所有的器物便日甚一日地只作为一件件纯粹的实用之物。于是也就不求手的灵敏与精巧。

对传统的变态性背弃与毁灭,使得现在的中国人失去了"中国文化"这个概念。前无古人,一无傍依,无根萍浮,茕茕孑立,先人几千年创立的生活境界毁于一旦,先人几千年营造的审美趣味被弃于荒郊野外,先人们的手之聪明、手之灵巧、手之无穷美感已在记忆中被抹杀而不余一痕。手失去能力的承继,而变得苍白无神。

而"工具意识"的缺失,是被我认定了的一个大原因。

日本人之所以将活儿做得那么好,很要紧的一点是他们十分在意工具。他们总是借助于最合理、最精当、最得力的工具去做活儿。由心到手,由手到工具,把他们的意志、精神、美学趣味很完满地外化在那些对象上。这个小小岛国却是个工具大国。我去商店时,总爱往卖工具的铺面走,一到那儿,见了那五花八门的工具,就欢喜不已,并有强烈的购买欲望(我从日本回来时,送友人的礼物大部分是一些小工具)。平素散步,见那些干活的总是驾一辆工具车而来,车门一开,就见那里面很有章法地布满了工具。那时你就会觉得这活儿是无法做不好的,并想:那人操作起来,手里有件顺心的工具,那劳动一定充满了快意。而中国人干活,对工具却很不讲究,还常工具不全,甚至干脆就没有工具。我请湖北木匠封阳台,他们竟然只有一把凿子。我以为,一个稍微好一点儿的木匠,就应该有好几把凿子。三分、五分、七分的,平口、斜口、圆口的,是不能少的。他们就一把,只好将就着用,既费时费力,又将那些眼儿凿得很不像样子。装完玻璃抹泥子,竟没有抹泥子的工具,而用手指去抹,结果手被玻璃的边沿划破,血淋淋的。麻木着也不去包扎,血和了泥子继续抹,玻璃上净是血指印,让人想到这里仿佛曾有过一桩凶杀案。

但最被我认定的一个原因——我以为这是最根本的原因:文化教养的缺乏。

记得恩格斯有段话,说得很透彻,大概意思是说,那些穷人,由于文化的缺乏,而使他们的感觉钝化了。人的心灵感觉与生理感觉的敏锐,都不是纯粹意义上的事,说到底是文化教养上的事。那些末流的饭馆、发廊、小商店,为什么总把音响搞得声嘶力竭、震耳欲聋,使人不得不掩耳而过? 除去现代人寻求刺激这个原因而外,就在于这些缺乏一定文化教养的人,其感觉钝化了。你觉得噪,但人家不觉得噪。你能发现一个真正懂得音乐的人,一个在很高文化意境中的人,也如此打开音响去听音乐吗? 一个乡下人说话,非把声音提那么高,同样也是因为钝化。你不妨稍微留神一下:一个没有文化的乡下人敲你的门,与一个女大学生敲你的门,其轻重会不会是一样的。那个乡下人的敲门可能就算不得敲门,而是擂门。

漫长时期的文化教育的放松乃至缺乏,使中国文盲遍地,从而造成了他们感觉的钝化。中国欲想恢复先人们的荣耀,除去要注意以上种种原因,大概非得拼了命抓文化教育不可。那些凤毛麟角的民间巧手,绝不能证明文化教养的不足、稀薄乃至空无并不影响一个国家、一个民族的手乃至于心的感觉。

一九九五年五月,我从东京回到北京。一个星期后,我去公主坟城乡贸易中心购买一盏台灯,选定之后请卖灯的小姐一试,试完后,她却再也不能将台灯顺利装回盒子里去了。于是,她就用开了蛮力(这事倘若放在一个小伙子身上,我倒还能容忍,而现在却偏偏是个姑娘,并且还是一个看上去长得不错的姑娘)。她想如炮手装炮弹一样将这台灯重新塞回去。我连忙阻止她:"我就这样抱着走好了,我就这样抱着走好了。"一路上,我眼前总是有那双胖嘟嘟的富有肉质的手:袖口耷拉在手面上,手不太干净,但指甲却涂得血红,光泽闪闪……

晚上,我决定趁我刚刚归来,感觉还尚未麻木和漫漶,赶紧将以上的文字胡乱地写下。这些文字,恐怕要被那些"爱国之士"斥为是一些"不爱我之国,不爱我之族"的文字。

但愿我之心,不被"护国者"们看歪了。

一九九七年五月四日于北京大学燕北园

白　冢

看罢龙门石窟,走过龙门桥,沿伊河东岸往北去几十米,便是白园。白居易的墓就在园中。

白居易的晚年,基本上都是在洛阳度过的。他喜欢洛阳这个地方,尤其喜欢洛阳龙门香山,有诗道:

> 空山寂静老夫闲,伴鸟随云往复还。
>
> 家酝满瓶书满架,半移生计入香山。

白居易临终遗命不归下邽,可葬于香山如满师塔之侧。家人从命,将他葬于香山琵琶峰上,碑文由李义山所作。

我去白园时,天气极炎热,园中几乎只有我一人。

绕过白池,有小道盘旋而上。不多时,便见翠柏浓荫下的白冢。其时,四下寂寂无声,只有山风吹拂树林发出的沙沙之响,不由人顿起一种荒远、落寞之感。

据传,从前四方游客来洛阳时,必到白冢祭奠。祭奠时洒水酒一杯,因此,墓碑总是潮湿的。而我眼前所见,那块墓碑在七月天气里,却几乎焦干得要碎裂了。

这个地方,即使在清凉舒适的天气,大概也不会有太多的人来。中国这样的文化名人太多,太多了也就不稀奇。仅洛阳一处,就有杜甫之墓、范仲淹之墓、邵雍之墓、李贺之故里,等等。再说,现如今的中国,也只是还记得这些创造了千古绝唱的名人,也只是还知道用他们的大名向外人炫耀自己的历史,而在志趣、情调、人生境界上能与这些先人心心相印、息息相通的人大概已所剩无几了。中国人失去了与先人们的情感联系,失去了重见先人从而浸润于古风雅兴之中的渴望。

这个墓自然是不会有多少人在意的。

但令我感到惊讶的是,这泉下亡灵,却被大海那边的日本人牢牢地牵挂着。墓地上可看出今日之人依旧相恋于这墓下之人的痕迹并不多,而这"不多"之中,就有不少是由日本人留下的。单碑就有好几方。而碑文中流露出的,是对白居易无上的崇敬与一腔深情,还有一番风雅。他们竟然从大海那边运来樱树,三百株植于白居易故居履道里,十株植于琵琶峰北侧。出园时,购得白居易五十三代孙白景佑诗集一册,随手翻了翻,得知许多日本人与白居易的后人还保持着密切的联系。可见他们对这位诗人所有的不解之缘和一番眷恋。

白居易在日本历史上本就声望盛隆。"唐自乐天为异代之师",广濑淡窗在《淡窗诗话》中说道:"三朝之时,有好白乐天诗者,一代之诗尽学白乐天……"读严绍璗先生《日本中国学史》,见有这样一份材料,说平安时代,有大江朝纲和大江维时二兄弟,朝

纲倾慕白居易,曾奉敕与他人编选《白氏文集》之诗,而维时则与其父大江千古都曾在宫中侍讲《白氏文集》,并世代相传:

> 江家之为江家,白乐天之恩也。故何者? 延喜圣代,千古、维时父子共为《文集》之侍读。天历圣代,维时、齐光父子共为《文集》之侍读。天禄御宇,齐光、定基父子共为《文集》之侍读。爰当今盛兴延喜、天历之故事,而匡衡独为《文集》之侍读。(《江吏部集·帝德都》)

从中,我们可以想见当时日本上上下下对白氏之诗推崇备至的情景。

就在来洛阳前不久,我曾读紫式部的《源氏物语》,那里面,竟有八九十处提到了白居易或直接引用了他的诗句。当时的上流社会,将吟诵白氏之诗当成了一种有教养、有格调的表现。面对晚风细柳、曲海残月诸种自然风情,或是聚散不定、隆衰不常诸种人生景况,谁都能风雅一番,开口便吟出白氏之诗。这些诗恰到好处地表达了那些人的心境。《须磨》一章,写二十六七岁的源氏因一桩风流韵事触犯了圣上而被流放到神户西面的须磨海边。此时,源氏远离京城,也远离了昔日的豪华荣盛,只剩下一片荒凉的大海和一种荒凉的心境。当见到"云雾弥漫,群山隐约难辨"之时,离愁别绪、被抛弃与遗忘的失落感一起涌注心头,源氏不觉想起白居易《冬至宿杨梅馆》来。吟罢"三千里外远行人",眼泪已如"浆水一般"滴下来。白氏之诗点缀在《源氏物语》的文字之间,从而使这部小说显得万分雅致。

这些前来立碑并将樱树运来装点白氏故里与墓地的日本人,

倒没有忘恩负义。他们在碑上刻下这样的文字：

　　　　伟大的诗人白居易先生

　　　　你是日本文化的恩人

　　　　你是日本举国敬仰的文学家

　　　　你对日本的贡献

　　　　恩重如山万古流芳

　　　　吾辈永志不忘

　　我离开白冢往白园门口走时，只见得园中空空荡荡。

　　　　　　　　　　一九九七年五月三十日于北京大学燕北园

第 二 辑

童　　年

　　听母亲说,我小时长得很体面,不哭,爱笑,爱整天转着眼珠打量人,揣摩人,很招人喜欢。我家住在一条大河的河边上。庄上人家也都沿着河边住。我一两岁时,常被人家抱去玩,然后就沿着这条大河一家传一家,有时竟能传出一二里地去。母亲奶水旺,憋不住了就找我,可总要花很大工夫才能将我找回。重新回到她怀抱时,我也不肯再喝她的奶了。因为,那些也正在奶孩子的母亲已经用她们的奶喂饱了我。母亲说,我是吃了很多母亲的奶长大的。当然后来我慢慢地长丑了,也不再那么让人喜欢了。

　　长到三岁,我就已经变得有点儿"坏"了。我到风车跟前玩,不小心,穿一身棉衣摔到水渠里。我一骨碌爬上来,一声不哭地回到家,将湿衣服全部剥下,钻到被窝里。当母亲回来要打我时,我却一口咬定:"是爷爷把我推到了水里的。"被陷害的爷爷不恼,却很高兴,说:"这孩子长大了有出息。"当然,长大了以后,我从未生过害人之心。至于有无出息,这就很难说了。当长到精光着身子拿根树枝在地里、河边到处乱走时,倒也做了不少坏事。比如在田埂上挖陷阱让人摔跟头、将人家在河边的盆碗推到深水之中,等等。但我不恶,没有让人讨厌。另有一点,不管谁逗我(甚至用稀泥涂满我全身),我都未恼过,未骂过人。如今回到老家时,那些大爷还在说:"文轩小时候不会骂人。"其实骂人还是会的,我只是在小孩中间骂,不骂大人罢了。

长到九岁时,我已是一个贪玩、想入非非、不能管束自己、总是忘记大人的训斥和告诫的孩子。正在课堂上听课,见到外面有一条陌生的白狗走过,竟忘了讲台上的老师正讲课,"呼"一下冲出教室撵狗去了,后来遭到老师严厉的惩罚。印象最深的一次是跟一个大我三岁的大孩子偷偷离家出走,去县城看国庆焰火。当时,只有水路通往县城。我身边只有一块钱,还是从父亲的口袋里摸来的。那个大孩子也只有一块钱。这两块钱不能买船票,得留着到城里看电影看焰火时买小食品吃(这在当时,几乎是一种奢侈的安排)。于是,我们步行三十几里来到县城。到达时,天已晚。我们向人打听哪儿放焰火,回答是哪儿也不放焰火。此时,我们身体疲乏难熬,既不想下馆子,也不想看电影,只想睡觉。我们在一个黑森森的大门洞里找到了一条大长凳,倒头就睡。不知什么时候醒来了,见满天大亮,便商量说买小笼包子吃,吃饱了就回家。于是,就出了大门洞,走上大街。街上空空荡荡,竟无一人,这使我们好生奇怪。正纳闷着,走过来几个民警,将我们逮住,押到一栋房子里。我们一看墙上的钟,才知是夜里十二点。刚才见天大亮,实际上是城里的灯火在大放光明。我们被关在屋子里,像两个傻瓜。当时,我们不知道为什么被关。长大了才知道,那是节日里的"宵禁"。天真正亮了,民警放了我们。

儿时的印象很多,其中之一:穷。

我的家乡苏北,以穷而出名。我家一直是在物质的窘迫中一日一日地度过的。贫穷的记忆极深刻。我吃过一回糠、一回青草。糠是如何吃的,记不得了。青草是我从河边割回的。母亲在无油的铁锅中认真地翻炒,说是给我弄盘"炒韭菜"吃。十五天才能盼到一顿干饭。所谓干饭只有几粒米,几乎全是胡萝卜做成的。整天喝稀粥,真正的稀粥,我永远忘不了那稀粥。读中学时,每月菜金一元五角,每天只五分钱。都是初二学生了,冬天的棉裤还常破绽百出,吐出棉絮来(当地人叫"出板油"),有时甚至竟然露出一点儿臀部来,这使我在女孩子面前总觉得害臊、无地自容,下意识地将身子靠住墙壁或靠住一棵树,尴尬而腼腆地向她们憨笑。我最不耐烦的季节是春天。青黄不接,春日又很长,似乎漫无尽头。春天的太阳将人的毛孔一一烘得舒张开来,使人大量耗散着体内的热量。饥饿像鬼影跟踪着人,攥着人。我巴望太阳早点儿沉没,让夜的黑暗早点儿遮住望见世界的渴望生命的眼睛,也遮住——干脆说消灭——饥饿的欲望。按遗传,我应是一位所谓身材伟岸的男子。然而,这一遗传基因,几乎被营养不良熄灭了。我甚至觉得我的脑子都被饿坏了。有一度,我竟然粘在地上不肯上长。这引起家里人的恐慌:莫是个小矮子! 常常仰视,使我有一种自卑感,特别是当我走到高个儿孩子跟前时,莫名的压抑便袭往心头。大年三十晚上,我带着要长高的渴望,就勇敢地爬门板。这是当地的一种迷信,据说这样可以长得比门板长。无论怎样努力,后来也没有长得比门板长。但基因的不屈不挠,使我忽然又拔高了一截。

饥饿的经验刻骨铭心。因此,现在我对吃饭很在意,很认真,甚至很虔诚,并对不好好吃饭的人大为不满。

但,我又有着特别美好而温暖的记忆。

我有一位慈和的老祖母。她是一个聋子。她有一头漂亮的银发,常拄着拐棍,倚在门口向人们极善良地微笑着。她称呼我为"大孙子"。后来我远行上大学了,她便日夜将我思念。她一辈子未走出三里方圆的地方,所以根本不知道三里外还有一个宽广无垠的大世界。她认为,这个世界除了她看见的那块地方外,大概还有一处,凡出门去的人都一律是到那一处去的。因此,她守在大路口,等待从那地方归来的人。一日,她终于等到一位军人,于是便向人家打听:"你见到我大孙子了吗?"母亲对我的爱是本能的,绝对的。她似乎没有任何食欲,我从来也没有见过她对哪一种食品有特别的欲望,她总是默默地先尽孩子们享用,剩下的她随便吃一点儿。父亲的文化纯粹是自学的,谈不上系统,但他又几乎是一个哲人。一次,我跑到八里地外的一个地方看电影,深夜归来,已饿得不成样子了,但又懒得生火烧饭去。父亲便坐起身,披件衣服对我说:"如果想吃,就生火去做,哪怕柴草在三里外堆着,也应去抱回来。"就在那天晚上,他奠定了我一生积极的生活态度。还有那片独一无二的土地,也给了我无限的情趣和恩泽。这是一个道道地地的水乡。我是在"吱吱呀呀"的橹声中,在渔人"噼噼啪啪"的踩板(催促鱼鹰入水)声中,在老式水车的"泼刺泼刺"的水声中长大的。我的灵魂永远不会干燥,因为当我一睁开眼来时,一眼瞧见的就是一片大水。在我的脑海里所记存着的故事,其中大半与水相关。水对我的价值绝非仅仅是生物意义上的。它参与了我之性格,我之脾气,我之人生观,我之美学情调的构造。

这一切,使我"舞文弄墨"成为可能。苦难给了我幻想的翅膀。我用幻想去弥补我的缺憾和空白,用幻想去编织明天的花环,用幻想去安慰自己,壮大自己,发达自己。苦难给了我透彻的人生经验,并给我的性格注进了坚韧。难怪福克纳说一个作家最大的财富莫过于他有一个苦难的童年。老祖母、母亲和父亲给我仁爱之心,使我从不知道何谓仇恨。我从未抓住不放地仇恨过任何人。我始终觉得世界是善的,尽管我常常看到恶的肆虐。那片土地给了我灵气、题材、主题和故事。开门可见的水,湿润了我的笔,使我能永远亲昵一种清新的风格。

圣　　坛

　　一个学生毕业了,决定让他留校任教,然后却又许他逍遥校外,放他归老家故土,优哉游哉一年有余,这在北大历史上究竟有无先例,说不大好。

　　一九七七年秋,我总算熬毕业了,上头却说:你留校。"北大不可留!"这一认识深入骨髓。几度春秋,几度恐怖,将人心寒了。北大不好,很不好,且又要将好端端一生缚于危险四伏的讲坛上,更叫人不情愿。说老实话,北大在我印象中,是很不招人爱的。

　　借"深入生活"之名,我回苏北老家了。在乡间自由自在、无拘无束、无法无天地晃悠了一年多,我才又回来——我只有回来,因为种种原因,我别无选择——我必须站讲坛——这大概叫"命"。

　　要命的是,我后来却完全颠倒了,直颠倒到现在非北大不肯去,并把讲坛一寸一寸地挪到了心上。细究起来,其中自然是有原因的——北大叫人有一种自由感。这或许是因为它付出了沉重的代价（它似乎一下子将恐怖用完了），而获得了这人类最宝贵的东西。又或许是它的自由、民主的传统——这传统像灵魂一样，长期压抑，纵然有人挖空心思用掺沙术，也未能使它泯灭。而如今，它又醒了，并赤裸裸地在未名湖边游荡。我这人天生散漫，受不得规矩，受不得束缚，受不得压抑，我怕一旦走出校门，便会失去这开朗、轻松的氛围。它叫人有一种安全感。它不在真空，免不了染上种种社会恶习。但它毕竟是文化人群居之地，高度的文化修养使人少了许多杂质。文化温柔了人的性情，净化了人的魂灵。走动于这群人中间，觉得不用提防，更不必睁大了眼"横着站"，至少是我所在的一片小天地里如此。大家温文尔雅，且又能互相谦让，关系简单如 1＋1。我实在害怕每天得付出很多脑力去琢磨人际关系，害怕算计，更惧惮受暗箭袭击。那样活着，委实太累。我还很欣赏这里的节奏。它外表上看，一盘散沙，稀里哗啦，全无约束，然而在它的内部有一种看不见的张力。这无形的张力，像鞭子催赶着人，使人不敢有片刻的喘息。它松散，吊儿郎当，却在深处激烈竞争着。一出校门，我轻松得如春天乍到卸去沉重的寒衣；而一踏进校门，就像被扔进急速翻卷的漩流里。而就在这漩流里，我获得了生命扩张的快感。这里的人都很忙，来往甚少，有点儿"鸡犬之声相闻，老死不相往来"的味道。时间长了，我倒习惯了这种宁静与寂寞，甚至是孤独。我由一个坐不住、猴儿一样不安分的人，变得别无他想，死心塌地地蜗居于斗室，竟不肯到人流中去，到热闹中去了。那颗喧闹不宁、躁动不安的心，安静得连我自己都感到迷惑与吃惊。我分明觉察到，中国传统知识分子的种种气质，已一点儿一点儿地渗入我的血液。我变得跟这个社会有点儿格格不入了。

我不太好走得出去了。

使人不肯离去的原因,主要还是那个寒陋的讲坛(北大的讲坛未免有点儿寒陋得不像话)。

要上讲坛了。半个月前,我还无动于衷,全不当回事。可是在上讲坛的头一天,我忽然紧张起来:也就是说,明天,我将开始教学生涯了。教师的责任感似乎与生俱来,不做教师,你一辈子感觉不到,而你一做教师,它就会自动跳出来抓住你的灵魂。晚上,我敲开一位先生的门,问:怎么讲课?

他像修炼很深的禅师面对未悟的弟子,头微微向上,少顷,说出四个字来:目中无人。

我退出门外。

我记得我的第一次课就没有失败。下面安静极了,我能清楚地听见台下动人的喘息声。这全靠那四个字给我撑着。从那以后到现在,我一直信那四个字。我对"目中无人"似乎有所悟:目中无人非牛气哄哄,非内荏而色厉,非蔑视,非倨傲,非轻浮,非盛气凌人。无就是有,有却是无。是一种境界吧?人格上的、精神上的、气势上的?是对学术观点的诚实和对真理的自信吧?⋯⋯此言似乎只可意会而不可细说。但有一点,似乎又是可以说的:所谓无人,就是没有具体的人,而只有抽象的人——具体的人则无。因此缘故,即使只给二十人的一个班上一年课,在课堂上我也往往难记住一个具体的面孔。似无人,但恰恰是把听课者看得很高的。

敢目中无人,却不敢再掉以轻心。我很景仰一位先生,既为他的人格又为他的学识。然而我想象不出,就是这样一位先生——

一位凭他的学识,上课玩儿一样的先生,却在上课之前竟对明明认识的字一个个怀疑起来,然后像小学生一样,去查字典,把字音一一校对、标注。我敢说,他的这种心理,完全是因为他对讲坛的高度神圣感引起的。这件小事使我不禁对他又景仰三分。我喜欢这份严肃,这份认真。当然,我并不排斥"名士风度"。我很钦佩有人不用讲稿,竟然雄辩滔滔,口若悬河,一泻千里。我曾见过一位先生,他空着手从容不迫地走上讲台,然后从口袋里摸索出一张缺了角的香烟壳来。那上面写着提纲要领。他将它铺在台子上,用手抹平它,紧接着开讲,竟三节课不够他讲的,并把一个个讲得目瞪口呆,连连感慨:妙,妙!而我只能对其仰慕。我这人缺这份好脑子。我得老老实实地备课,然后一个一个字毫不含糊地全都写在稿纸上。有时看样子离开讲稿了,但所云,却几乎无一句是讲稿以外的突发灵感。我有数,像我这样做教员,是很累的。可我笨伯一个,无奈何。时间一久,我退化了,离开讲稿竟不能讲话,一讲,八成是语无伦次,不知其所云。

我何尝不想来点儿名士风度,来一张香烟壳就侃他个三四个小时,好好潇洒它一番?可我不敢。

讲坛是圣洁的。我认识一位外系教员,此公平素浪漫成性,情致所至,解衣卷袖,把衣领一一扯开,直露出白得让人害臊的胸脯来,有时还口出一两个脏字,以示感叹,以助情绪。然而有一次我去听他的课,却见他将中山装的风纪扣都扣得严严实实,一举一动全在分寸上,表情冷峻、严肃得让人难以置信。课后我跟他寻开心:"何不带一二感叹词耳?"他一笑:"一走进教室,一望那讲坛,我顿时有一种神圣感。在上面站了一辈子,我从没说过一个脏字,并非有意,而是自然而然。"

我有同感。我高兴起来,放浪形骸,并有许多顽童的淘气和丑恶。然而,在临上讲台前一刻,却完全沉浸到一种庄严的情感之中,完全是"自然而然"。我不能有一点儿亵渎的行为,甚至苛刻地要求我的听众。生活中的嬉皮士,我无意管他,因为人家也是一种活法。可在课堂上,我绝不容忍其混杂于我庄重的听众之中。曾有那么一位(我估计是社会上来偷听的),穿着一条极短的短裤,一件极敞的汗衫,光着大脚丫,脚踩一双拖鞋,"吧嗒吧嗒"就来听我讲课,我像受了侮辱似的走过去:"对不起,请出去!"他大概从我的目光中看出什么来了,便很听话地提着书包出去了。后来我又从听众席上发现了他。他穿着很整洁,极稳重地坐着。我不禁朝他感激地点点头。

既为圣坛,就得布道。有人提醒公众:一些人在利用大学讲坛。说得对极了,既占着,就该利用。不利用是傻瓜,是玩忽职守,倘若把讲坛仅仅理解为传授纯粹知识之处,大概未免浅薄了一些。讲坛应该也是宣扬真理的地方。占住讲坛者,岂敢忘记布道!应该既给知识,也给品质、人格、真诚和正义。其实,没有后者,一个人怕也是很难获得多少知识的。再说,一个人即使学富五车,但全然无人之骨气,又有何用? 我们何必讳言布道呢? 别忘了布道。当年的鲁迅不敢忘,闻一多不敢忘,我们敢忘?

既布道,布道者自己就要有正气。他应当坚决捍卫知识的纯粹性,他应善恶分明。他只承认以自己的感受为原则。他不能油滑,见风使舵,像捏面团一般把讲稿随政治风潮变来变去。他给他的听众是一个助教、一个讲师、一个教授的形象,也是一个人的形象。我走到教室门口,总觉得那讲坛很远,很高。我朝它走去,有一种攀登的感觉。我曾有过幻象:我被抛进一个巨大的空间里了,就像走进一座深邃的教堂。我静静地站到讲坛上,等待着铃声,宛如在聆听那雄浑的令人灵魂颤索的钟声。我喜欢这种肃穆,这种净化了的安宁。我曾多次体味到莫斯科大学一位教授的感觉:"我走上讲坛,我有一种上帝的教士的神圣感。"

也许有一天,我会厌倦北大的讲坛,但至少现在还恋着。恋它一天,就会有一天的神圣感。

一九八八年一月十二日晚

天 堂 之 门

一九七四年九月，我身着一套从一位退伍军人那儿讨来的军服（那是当时的时装），呆头呆脑地来到了北大。录取我的是图书馆系，而当时的图书馆系是与图书馆合并在一块的（简称"馆系合并"）。把我弄来的是法律系一个叫王德意的老师。她去盐城招生，见了我的档案，又见了我人，说："这小鬼，我们要了。"那时北大牌子很硬，她要了，别人也就不能再要了。分配给盐城的一个名额是图书馆系。那时候，我没有什么念头和思想，眼睛很大很亮，但脑子呆呆的，不太会想问题，连自己喜欢不喜欢图书馆学也不大清楚。我糊里糊涂地住进了三十一楼（图书馆系的学生全住在这座楼），糊里糊涂地上课、吃食堂、一大早绕着未名湖喊"一二一"跑得上气不接下气。给我们上课的教员很多，后来馆系分家时，我发现他们有的留在了馆系，有的留在了图书馆。合并之前他们到底谁是馆系的，谁是图书馆的，我至今也不清楚。在大约三个月的时间里，我懂得了什么叫"皮氏分类法"，学了一支叫"一杆钢枪手中握"的歌,跟一个从宁夏来的同学学了一句骂人的话,记住了一两个笑话(其中一个笑话是:一个图书馆管理员把小说《钢铁是怎样炼成的》归了冶金类),认识了许多至今还在馆系和图书馆工作的老师。就在我死心塌地要在三十一楼住下去时,一日,忽然来人通知我:"你会写东西,走吧,去中文系学习去吧。"当时中文系的学生全住在三十二楼。搬家那天,给我送行的人很多,从三十一楼哩哩啦啦直到三十二楼,仿佛我此去定是"黄鹤一去不复返"了。到了中文系,我觉得与周围的人有些生分,感觉不及与馆系的老师、同学相处时那么好,于是,我常常往三十一楼跑(他们说我是"回娘家")。直到今天,我仍与馆系和图书馆的一些老师保持着一种亲切。这一点对我后来去图书馆借书,带来了不少好处。

到中文系不久,就参加了大约一周的劳动。这次劳动又与图书馆有关——在馆前挖防空洞。那时,大图书馆刚落成不久。下坑(在我们之前,其他系的学生已经将地面刨开并挖下去好几尺深了)前,有一次动员。动员之后,挖坑的目的便明确了:敌机轰炸时,在图书馆读书学习的几千人来不及疏散,可立即就近钻入防空洞。做动员的是军代表。他说着说着,就把我们当成了军人;说着说着就忘了那不过是去图书馆挖洞,而让人觉得他要把我们带到平型关或台儿庄那些地方去打鬼子。我们面对高高矗立的大图书馆排着队,一脸的严肃和神圣。大家认定了敌机肯定会来轰炸它,便都觉得确实应该在它的周围挖些洞,并且要挖得深一些。那些天,每天早晨,我们从三十二楼整队出发,也唱着"一杆钢枪手中握"(实际上只是肩上扛把铁锹),雄赳赳地开赴图书馆。时值寒冬,天气颇冷。我们穿着薄薄的棉衣,在凛冽的寒风中冻得老打哆嗦。但黑板上写道:天是冷的,心是热的。当时我想:心肯定是热的,心不热人不就呜呼了? 但我们确实不怕冷,就为了那个信念:图书馆里读书学习的人再也不用怕敌机轰炸了,尽可宁静地坐着去看自己愿意看的书。在图书馆东门外的东南方向,我们挖了一个很大很深的洞,下去清烂泥时,要从梯子上下去。那天晚上由我和另外一个同学看水泵。我们扶梯而下,然后坐在坑底的一张草帘上看着最深的地方,见渗出水来了,就启动水泵抽出去。那天的夜空很清净明朗,深蓝一片,星星像打磨过一样明亮。图书馆静静地立在夜空下。坑底的仰望,使我觉得它更加雄伟,让人的灵魂变得净化和肃穆。那时,我倒没有联想到它里面装的那些书对这个世界的进步和辉煌有多么巨大的作用,仅仅把它看成一座建筑。这座建筑就足以使我对它肃然起敬,并觉得自己渺小不堪言。看来,体积也是一种质量,也是一种力量。深夜,我那位同学倚在坑壁上入了梦乡,我却因为有些寒冷而变得头脑格外清醒。寒星闪烁,当我把目光从图书馆挪开,从坑口往下移动,又去环顾整个大坑时,忽然觉得这个坑像个水库。那时候的人联想质量很差,联想得很拙劣。我竟然勾画出这样一幅图画来:汽笛声忽然拉响,在紧张的空气中震动着,灯火明亮的大图书馆忽然一片漆黑,一股股人流在黑夜里从各个阅览室流出,流到这个"水库",最后把"水库"蓄得满满的。干了一个星期,我们就"撤军"了。这几年,常听人说,过去挖的防空洞不太顶用,用一颗手榴弹就能将其顶盖炸开。我死活不肯相信。现如今,图书馆东门外,已是一大片绿茵茵的草坪,成了北大一块最舒适,最叫人感到宁静、清爽、富有诗意的地方。夜晚,吹着微微的晚风,年轻的男大学生和女大学生们或坐在或躺在散发着清香味的草坪上,用清纯的目光去望图书馆的灯光,去望一碧如洗的天空,弹着吉他,唱着那些微带忧伤的歌,让人觉察到一份和平。但,当我坐在矮矮的铁栅栏上,坐在我曾参加挖掘而如今上面已长满绿草的防空洞上时,脑子里常常出现一个似乎平庸的短句:和平之下埋葬着战争。如今这些防空洞有了别的用处。一段时期,曾被学生们用来做书店。我下去过一次,并进过几间房子,感觉不太好,隐隐觉得,在这地底下做事,总有点儿压抑,总有点儿不"光明磊落",尤其不适宜在这地底下卖书。书应该在阳光下卖,应该在地面上有明亮灯光的屋子里卖;就像读书应在阳光下读,应在图书馆这样建在地面上的高大建筑里读一样。

从在图书馆系一本正经地学"皮氏分类法"到在中文系为图书馆很卖力地挖防空洞,给我一个深刻印象是:我们将要进入窗明几净的图书馆看书学习了,读书是件很有意义并且很有趣的事情。然而并不见这一天。偌大一个图书馆,藏书几百万,但被认定可以供人阅读的却寥寥无几。就这寥寥无几之中又有一些还是很无聊的东西。绝大部分书或被束之高阁或被打入冷宫。可惜的是这些书,似乎是用不着什么"皮氏分类法",谁都会分的。图书馆也未出现几千人阅读、掀书页之声如蚕食桑叶之音的生动景象。那时,果真有敌机飞临大图书馆上空,果真扔下许多炸弹来,依然不会伤着太多的人的。我那时的思想极不深刻,但有农民的朴素:上大学不读书还叫上大学么?走在图书馆跟前,望着那高大深邃的大门,想着里面有那么多书(这一点我知道,因为我还参加过从旧图书馆往新图书馆运书的劳动),心里头总是想不太明白。那段时间,我只能望着它,却不能从它那里得到恩泽。那时,我觉得它是凝固的没有活气的一座没有太大意义的建筑,那大门是封闭的。

后来,我们步行一整夜,脚板底磨出了许多血泡来,到了大兴基地。从此,就更无机会踏进图书馆的大门了。这座号称亚洲最大的大学图书馆,仅在梦中出现过几次。我们在大兴开荒种地盖房子,偶尔在光天化日之下的田头空地上上几堂课。但我实在喜欢书,因此总觉得很寂寞很无聊。于是,晚上就和几个同学到麦地里逮刺猬,要不就在附近的村子乱窜,或到养鱼塘边看月色下的鱼跳。那地方很荒,我的心更荒,常常沦陷在困惑和迷惘里:我究竟干什么来了呢?过了些日子,终于在木板房里设了一个图书资料室。书都是从大图书馆抽取出来的,上面都盖着大图书馆的藏书章。这总算又与图书馆联系上了。书很少,大多为政治方面的书。但有总比没有好。晚上,丢罢饭碗,我就和一个上海同学钻进木板房,将那些书狠狠地看。其中有些书是大部头的哲学书。我逮着就啃,啃着啃着,出来些味道,便越发地使劲去啃。不曾想就从这里培养了我对哲学的兴趣。后来的十几年时间里,我读书的一大部分兴趣就在哲学书籍这里,并把一个观念顽固地向人诉说:哲学燃烧着为一切科学陈述寻找最后绝对价值的欲望;这种不可遏制的欲望,使得它总是不惜调动全身解数,不遗余力地要将对问题的说明推向深刻;缺乏哲学力量的任何一门科学研究,总难免虚弱无力。不久前,我出的一本书,就是一本与哲学有关的书。我永远记住那几本陈旧的盖有图书馆藏书章的哲学书。至今脑子里还有那枚章子的温暖的红色。遗憾的是,在那地方,我终于没有把为数不多的书看完。因为,有人开始在大会上暗示众人:有人把政治书籍当业务书籍来看。我有些胆怯,只好把看书的欲望收敛了些,空闲

时到水边看村子里的小孩放马去了。

再后来，我被抽调出来，从大兴基地来到北京汽车制造厂参加"三结合"创作小组，写长篇小说了。这段时间倒看了一些书。这要感谢当时图书馆承担为"开门办学"服务工作的一位老师。他隔一段时间就来看我。来时，或用一只纸箱或用一只大包给我带些书来。据说，这位老师前几年离开图书馆做生意去了。那天，我在小商店买酱油时碰到过他一次。我朝他点点头，心中不免有些惆怅。

当图书馆完全重见天日时，我已成了教员。二十世纪七十年代末八十年代初，图书馆把人们对知识的渴望和重视充分地显示出来。总是座无虚席，总是座无虚席！中国人毕竟懂得了图书馆的意义。每当我走进这片氛围里，我总是深受感动。这里，没了邪恶，只有圣洁。那份静穆，几乎是宗教性的。我不由得为它祈祷：再不要因为什么原因，使你又遭冷落，使你变得冷清，蒙上耻辱的尘埃。

我现在并不常去图书馆。因为我个人有了一些藏书。但每时每刻我总为它而感到骄傲。我想：人们如此向往北大，沾上之后总不愿离去，固然是因为它那有名的风气，但其中还有一个很重要的原因，那便是北大有这样一座图书馆。我还想：北大风气之所以如此，也是与这个图书馆密不可分的。我曾在一次迎新会上对新生们说：北大有一个很大很大的图书馆，里面有很多很多的书，它们将告诉你很多很多道理；你若是在几年时间里感受到了它的存在和价值，你才算得上是一个北大的学生：那大门是天堂之门。

一九九二年三月于北大中关园

疲　民

　　大约是在一九七一年的夏天，我还在做一个农民的时候，那天，我们正在地里割麦子，忽听西边有一阵紧似一阵的吵嚷声，众人皆抓着镰刀抬起头往西看。过不一会儿，就传来一个消息：西边李家的青桥，在场上脱粒时睡着了，身体向前一扑，一只胳膊伸进脱粒机被打断了。

　　我扔下镰刀，斜穿麦地往路上跑。李青桥曾和我读一个中学，比我高一个年级，我们是一路去一路回的好同学。

　　地里的人也都扔掉了镰刀，往西边跑。

　　李青桥和我不在同一个大队。我们赶到那里时，他已被人抬到抽水机船上。我只看到了他一张苍白如死人的脸和到处洒落的血，抽水机船就开走了。

　　站在河边上的人见船已走远，便回过头来往打麦场上走。

　　那台咬下李青桥胳膊的脱粒机，此时正无声地张着大口立在夏天的烈日下。

有人用手指着："就是那台脱粒机。"

几个姑娘还在余悸里，一个在哭，却并无眼泪，其他两三个或神情木然，或如风中之叶在瑟瑟地抖，或失去节制一样不停地向涌到这里的人诉说："他困得不行了，总打瞌睡，那么往前一栽，就听见他一声尖叫，脱粒机便'咚咚'跳起来……"

我低头看，只见地上的麦子被血染成红色，一粒一粒的让人惊心。

不少人倒在麦垛下或躺在队房的墙脚下睡着了。

一麦场的人，都瘦黑如柴、疲惫不堪的样子。他们就在这里站着、坐着或倚在场边的老树上，久久不散。偶尔听见有人说话，更多的人则目光呆滞地沉默着。

人群中有人喊："八队的社员回去了，回去了，回去割麦了……"

我望了一眼地上的红麦子，走出人群，往回走。路上稀稀拉拉地走了一行人。一路上，我总想着李青桥——

李青桥不太像农村人，生得很白净，用古书里的话说是个"美少年"。李青桥留给我印象最深的就是他的胳膊。他的胳膊似乎比普通人的长。夏天，他只穿一件背心时，两只胳膊就完全地袒露了出来。长长的，该粗的地方粗，该细的地方细，很精致亦很有力的一对胳膊。这对胳膊常引得女生偷偷地看，看罢脸一红，扭过脸去，可过不一会儿，又扭过头来偷偷地看。女生都喜欢李青桥，一半是因为那双好看的胳膊。李青桥是学校篮球队的，他篮球打得很好。他在场上跑、抢球、接球、送球，一双胳膊在人群里一闪一闪的，像水里的白跳鱼。投篮时，两只胳膊高高举在半空里，线条优美的两根,很迷人。他的手腕轻轻一磕,球飞一个弧度,"唰"一声入网,总要得到场内场外一片喝彩。我喜欢和他待在一起。在一起时,就免不了要欣赏他的胳膊。他与你说话时,站着不动,两只胳膊自然地交叉着,放在胸前,样子很优雅。走路时,两只胳膊轻轻地很有节奏地摆动,让人有个幻想:倘若这对胳膊用力摆动起来,它们能像一对翅膀,将他带到空中。那天,我们走到一棵桑树下。其时,桑葚已红,一粒粒娇艳勾人。我仰望着,嘴里便津津地有了馋涎。"想吃?"他问我。我点点头,准备去找根竹竿来。"我能够着。"他一把抓住我,踮起脚,伸出右臂,居然就够到了一嘟噜一嘟噜的桑葚。他的手像雀喙一样,将桑葚一嘟噜一嘟噜地给我摘了下来。在他伸出右臂时,袖子便轻轻滑落了下来。前年,我参加一位朋友的雕塑展的开幕式,他的一件雕塑先是被一方银绸覆盖着,宣布开幕时,有人用手轻轻一拽,银绸滑落了下来,露出了那件雕塑,让人眼睛一亮。那时,我不知为什么忽然想起了那只够桑葚时的胳膊。

而现在,他丢掉的就是这只胳膊。

回到地头,我无心干活,也实在无力干活。我再也不管今天能不能完成割麦任务,一头倒在了地头的楝树下——沉重如磐的疲惫。

高中毕业时,我虚岁仅十七(青桥大我一岁,也不过就是十八)。当时的劳动,实与劳役并无区别。我觉得课本中的那些对劳动所做的抒情文字、赞美之词,是虚伪的,是一群不事稼穑或只是偶尔为之的轻浮文人的胡说八道。若不是胡说八道,一旦他们被发配到农村后,仅仅也就是像当地的农民一样干活,为什么就龇牙咧嘴地连连叫苦、痛不欲生了呢？还有那个"种豆南山下"怡然自得的淡泊之人陶潜先生，对田间劳作居然有那么一份雅趣与意境，大概八成是因为那劳作是随意的，是属于想干就干、不想干就不干的那种全凭兴致的劳作。若将他弄到我所在的正在学大寨的第八生产队或李青桥所在的第五生产队来试试看，不需多久，只给他三两天的磨难，看这位高蹈轻扬的雅士还能不能再"悠然见南山"？

人们像一群羊被轰赶着，头上总悬着一根鞭子，耳畔总是响着："起来！起来！"田埂是做了又做，仿佛那不是用来走路的，而仅仅是供人来观赏的。即便是你认为已经做得很好了，还总会被在田野上转悠的干部们下令重做："在后天检查组到来之前，必须重做出一条田埂来！"墒是修了又修，不过就是用来流水的墒，竟然直得像用一根巨尺画出的一般。这一切，不为别的，仅仅是为了那三天一次、五天一回的络绎不绝的各种等级的检查组。倘若那天检查组来，恰巧下起雨，路泥泞难走，人们就像蚂蚁一般稠密，一路忙着撒稻壳铺麦秸。施肥、锄草、罱泥、打水草、搞绿肥塘……所有这一切，都不再是从前庄稼人的那种很经济的操作，而都被形式化了。它们成了一个个毫无实际意义的演示，使人们处在无法停顿的旋转状态里。人们只有花费大量的劳力，通过精雕细琢，通过各种形式上的创造来一争高低。而在地里干活的人数以及干活时是否肯卖劲的样子，也都统统成为一方干部"政绩"的综合指数。许多活儿，只是做了拆，拆了再做，再拆，做一种循环往复、永无休止的折腾。春夏之交，四下里到处都是催人干活儿的锣声。那锣声敲得人心惶惶的。地头、村头的高音喇叭总是在一声连一声地叫唤着："下地干活儿啦！下地干活儿啦！"那些日子，人们每天只能睡上两三个钟头的觉。农忙结束后，人们依然不能得到休息，几乎全部的时间又早被各种安排填满了。你随处可见一个个疲惫不堪的情景。我亲眼看到一个社员在往稻囤里倒粮时，从高高的跳板上摔落了下来。我亲眼看到后村一户人家，因晚饭后懒得再去检查灶膛，结果引起火灾，将全部家当焚烧殆尽。那天，我坐在别人的自行车后座上去镇上购买农药，竟然睡着了，从车上摔到路上，当场鼻血如注。

无边无际的疲惫笼罩着田野。

青桥就这样丢掉了一只胳膊。

我再见到青桥时，已是一个月以后，他从医院出来了。那天我去看他，只见他站在那儿，微风吹起时，他的一只空袖筒在风里怅然飘荡。

我们一起待了好久，但没有说几句话。

两年后，我像摆脱噩梦一样摆脱了田野，到北京读书了。暑假回去时，母亲告诉我，青桥不学好了。我问她："为什么说青桥不学好了？"母亲说："他学会了喝酒，是个酒鬼。家里的东西差不多都被他偷出去卖了。""他为什么这样？""他找不到老婆了。""他原先不是定亲了吗？""人家毁亲了。"

过了两天，我去看他。我倒也没有见到他烂醉的样子，只是看到他一副很阴郁的神态。他已有了黄黄的胡子。脸色有点儿铁青。身体被那只空袖筒衬得异常的虚弱。

后来，许多年里，我再也没有去看他，但断断续续地从母亲的嘴里知道，他还是一个人生活着。有一天我去镇上看在医院里做医生的大妹妹,正在镇上走着,忽然有人说:"这不是文轩吗?"我掉头一看,竟是青桥。我连忙走过去。他也朝我跑过来,老远就将唯一的一只手伸过来,紧紧地抓住我:"文轩,是文轩,我没想到是你!"我问他:"你是到镇上来走一走?"他说:"不怕你笑话,我做了点儿小生意。"他抓住我的手,将我扯到路边,指着一只大木盆:"我卖鱼了。"我瞧见那木盆盛了半盆清水,一条条鲫鱼露着青黑色的脊背在水里游着。他说:"人家贩给我,我再卖给人家。反正在家闲着也是闲着。"我们说了半天话。

到妹妹的医院,还要走一大段路。一路上,我瞧见这小镇上到处是一些闲荡的年轻人。路边不是摆着简陋的台球桌,就是一家挨一家的酒馆与茶铺。一些老者把麻将桌支到了路边的树荫下,在那里不知光阴流转地玩着,桌上用茶杯压了些小钱……

走在小镇上,我心里便总想着一句老话:休养生息、休养生息……

一九九七年四月十日于北京大学燕北园

柿 子 树

出了井の頭的寓所往南走，便可走到东京女子大学。井之頭一带，没有高楼，只有两层小楼和平房，都带院子，很像农村。我总爱在这一带散步，而往东京女子大学去的这条小道，更是我所喜欢走的一条小道，因为小道两旁，没有一家商店，宁静的氛围中，只是一座座各不相同却都很有情调的住宅。这些住宅令人百看不厌。

日本人家没有高高的院墙，只有象征性的矮墙。这样的矮墙只防君子，不防小偷。它们或用砖砌成，或用木板做成，或仅仅是长了一排女贞树。因此，院子里的情景，你可一目了然。这些院子里常种了几棵果树，或橘子，或橙子……

去东京女子大学，要经过山本家。山本家的院子里长了一棵柿子树，已是一棵老树了，枝杈飞张开来，有几枝探出院外，横在小道的上空。

柿子树开花后不久，便结了小小的青果。这些青果经受着阳光雨露，在你不知不觉之中长大了，大得你再从枝下经过时，不得不注意它们了。我将伸出院外的枝上所结的柿子很仔细地数了一下,共二十八颗。

二十八颗柿子,二十八盏小灯笼。你只要从枝下走,总要看它们一眼。它们青得十分均匀,青得发黑,加上其他果实所没有的光泽,让人有了玉的感觉。晚上从枝下走过时,不远处正巧有一盏路灯将光斜射下来,它们便隐隐约约地在枝叶里闪烁。愈是不清晰,你就愈想看到它们。此时,你就会觉得,它们像一只只夜宿在枝头的青鸟。

秋天来了。柿子树这种植物很奇特,它们往往是不等果实成熟,就先黄了叶子。随着几阵秋风,你再从小道上走时,便看到了宿叶脱柯、萧萧下坠的秋景。那二十八颗柿子,便一天一天地裸露了出来。终于有一天,风吹下了最后一片枯叶,此时,你看到的只是一树赤裸裸的柿子。这些柿子因没有任何遮挡,在依旧还有些力量的秋阳之下,终于开始变色——灯笼开始一盏盏地亮了,先是轻轻地亮,接着一盏一盏地红红地亮起来。

此时,那横到路上的枝头上的柿子一下子就能数清了。从夏天到现在,它们居然不少一颗,还是二十八颗。

二十八盏小灯笼,装点着这条小道。

柿子终于成熟了。它们沉甸甸地坠着,将枝头坠弯了。二十八颗柿子,你只要伸一下手,几乎颗颗都能摸着。我想:从此以后,这二十八颗柿子,会一天一天地少下去的。因为,这条小道上,白天会走过许多学生,而到了深夜,还会有一个又一个夜归的人走过。而山本家既无看家的狗,也没有其他任何的防范。我甚至怀疑山本家,只是一个空宅。因为,我从他家门前走过无数次,就从未见到过他家有人。

柿子一颗一颗地丢掉，几乎是件很自然的事情。

这些灯笼，早晚会一盏一盏地被摘掉的，最后只剩下几根铁一样的黑枝。

然而，一个星期过去了，枝上依然是二十八颗柿子。

又过去了十天，枝上还是二十八颗柿子。

那天，我在枝下仰望着这些熟得亮闪闪的柿子，觉得这个世界有点儿不可思议。十多年前我家也有一棵柿子树——

这棵柿子树是我的一位高中同学给的，起初，母亲不同意种它，理由是：你看谁家种果树了？我说：为什么不种？母亲说：种了，一结果也被人偷摘了。我说：我偏种。母亲没法，只好同意我将这棵柿子树种在了院子里。

柿子树长得很快，只一年，就蹿得比我还高。

又过了一年。这一年春天，在还带有几分寒意的日子里，我们家的柿子树居然开出了几十朵花。它们娇嫩地在风中开放着，略带了几分羞涩，又带了几分胆怯。

每天早晨，我总要将这些花数一数，然后才去上学。

几阵风，几阵雨，将花吹打掉了十几朵。看到凋零在地上的柿子花，我心里期盼着幸存于枝头的那十几朵千万不要再凋零了。后来，天气一直平和得很，那十几朵花居然一朵也未再凋零，在枝头上很漂亮地开放了好几天，直到它们结出了小小的青果。

从此，我就盼着柿子长大成熟。

这天，我放学回来，母亲站在门口说："你先看看柿子树上少了柿子没有。"

我直奔柿子树,只看了一眼,就发现少掉了四颗——那些柿子,我几乎是天天看的,它们长在哪根枝上,有多大,各自是什么样子,我都清清楚楚。

　　"是谁摘的?"我问母亲。

　　"西头的天龙摘的。"

　　我骂了一句,扔下书包,就朝院门外跑,母亲一把拉住我:"你去哪儿?"

　　"揍他去!"

　　"他还小呢。"

　　"他还小? 不也小学六年级了吗?"我使劲从母亲手中挣出,直奔天龙家。半路上,我看到了天龙,当时他正在欺负两个小女孩。我一把揪住他,并将他掼到田埂下。他翻转身,躺在那里望着我:"你打人!"

　　"打人? 我还要杀人哪! 谁让你摘柿子的?"我跳下田埂,揪住他的衣领,将他拖起来,又猛地向后一推,他一屁股跌在地上,随即哇哇大哭起来。

　　"别再碰我的柿子!"我拍拍手回家了。

　　母亲老远迎出来:"你打人了?"

　　"打了。"我一歪头。

　　母亲顺手在我后脑勺上打了一巴掌。

　　过不一会儿,天龙被他母亲揪着找到我家门上来了:"是我们家天龙小,还是你们家文轩小?"

　　我冲出去:"小难道就该偷人家东西吗?"

　　"谁偷东西了? 谁偷东西了? 不就摘了你们家几颗青柿

子吗？"

"这不叫偷叫什么？"

母亲赶紧从屋里出来，将我拽回屋里，然后又赶紧走到门口，向天龙的母亲赔不是，并对天龙说："等柿子长大了，天龙再来摘。"

我站在门口："屁！扔到粪坑里，也轮不到他摘！"

母亲回头用手指着："再说一句，我把你嘴撕烂。"

天龙的母亲从天龙口袋里掏出那四只还很小的青柿子扔在地上，然后在天龙的屁股上连连打了几下："你嘴怎么这样馋？你嘴怎么这样馋？"然后，抓住天龙的胳膊，将他拖走了，一路上，不住地说："不就摘了几个青柿子吗？不就摘了几个青柿子吗？就像摘了人家的心似的！以后，不准你再进人家的门。你若再进人家的门，我就将你腿打断！……"

母亲回到屋里，对我说："当初我就让你不要种这柿子树，你偏不听。"

"种柿子树怎么啦？种柿子树也有罪吗？"

"你等着吧。不安稳的日子还在后头呢。"

后来，事情果然像母亲所说的那样，这棵柿子树，使我们家接连几次陷入了邻里的纠纷。最后，柿子树上，只留下了三颗成熟的柿子。望着这三颗残存的柿子，我心里觉得很无趣。但它们毕竟还是给了我和家人一丝安慰：总算保住了三颗柿子。

我将这三颗柿子分别做了安排：一颗送给我的语文老师（我的作文好，是因为她给了我很大的帮助），一颗送给摆渡的乔老头（我每天都要让他摆渡上学），一颗留着全家人分吃（从柿子挂果到今天,全家人都在为这棵柿子树操心)。

三颗柿子挂在光秃秃的枝头上,十分耀眼。

母亲说:"早点儿摘下吧。"

"不,还是让它们在树上再挂几天吧,挂在树上好看。"我说。

瘦瘦的一棵柿子树上,挂了三只在阳光下变成半透明的柿子,成了我家小院一景。因为这一景,我家本很贫乏的院子,就有了一份情调、一份温馨、一份无言的乐趣,就觉得只有我们家的院子才有看头。这里人家的院子里,都没有长什么果树。之所以有那么个院子,仅仅是用来放酱油缸、堆放碎砖烂瓦或烧柴用的树根。有人来时,那三只柿子,总要使他们在抬头一瞥时,眼里立即放出光芒来。

几只喜鹊总想来啄那三颗柿子。几个妹妹就轮流坐在门槛上吓唬它们。

这天夜里,隐隐约约间,我被人推醒了,睁眼一看,是母亲。她轻声说:"院里好像有动静。"

我翻身下床,只穿了一条裤衩,赤着上身,"哗啦"抽掉门栓,夺门而出,只见一个人影一跃,从院里爬上墙头,我哆嗦着发一声喊:"抓小偷!"那人影便滑落到院墙那边去了。

我打开院门追出来,就见朦胧的月光下有个人影斜穿过庄稼地,消失于夜色中。

我回到院子里,看到那棵柿子树已一果不存,干巴巴地立在苍白的月光下。

"看见是谁了吗?"母亲问。

我告诉母亲有点儿像谁。

她摇摇头："他人挺老实的。"

"可我看像他，很像他。"我仔细地回忆着那个人影的高度、胖瘦以及跑动的样子，向母亲一口咬定："就是他。"

母亲以及家里的所有人，都站在凉丝丝的夜风里，望着那棵默然无语的柿子树。

我忽然冲出院门外，大声叫骂起来。夜深人静，声音显得异常宏大而深远。

母亲将我拽回家中。

第二天，那人不知从哪儿听说我们怀疑是他偷了那三颗柿子，闹到我家。他的样子很凶，全然没有一点儿"老实"的样子。母亲连连说："我们没有说你偷，我们没有说你偷……"

那人看了我一眼，往地上吐了一口唾沫："不就三颗柿子嘛！"

母亲再三说"我们没有说你偷"，他才骂骂咧咧地走了。

我朝柿子树狠狠踹了几脚。

母亲说："我当初就说，不要种这柿子树。"

晚上，月色凄清。我用斧头将这棵柿子树砍倒了。从此，我们家的院子又变成了与别人家一样单调而平庸的院子……

面对山本先生家的柿子树，我对这个国度的民风，一面在心中深表敬意，一面深感疑惑：世界上竟能有这样纯净的民风？

那天，中由美子女士陪同我去拜访前川康男先生。在前川先生的书房里，我说起了柿子树，并将我对日本民风的赞赏，告诉了前川先生。然而，我没有想到前川先生听罢之后，竟叹息了一声，然后说出一番话来，这番话一下子颠覆了我的印象，使我陷入了对整个世界的茫然与困惑。

前川先生说:"我倒希望有人来摘这些柿子呢。"

我不免惊讶。

前川先生将双手平放在双膝上:"许多年前,我家的院子里也长了一棵柿子树。柿子成熟时,有许多上学的孩子从这里路过,他们就会进来摘柿子,我一边帮他们摘,一边说,摘吧摘吧,多吃几颗。看着他们吃得满嘴是柿子汁,我们全家人都很高兴。孩子们吃完柿子上学去了,我们就会站到院门口说,放了学再来吃。可是现在,这温馨的时光已永远地逝去了。你说得对,那挂在枝头上的柿子,是不会有人偷摘一颗的,但面对这样的情景,你不觉得人太谦谦君子,太相敬如宾,太隔膜,太清冷了吗?那一树的柿子,竟没有一个人来摘,不也太无趣了吗?那柿子树不也太寂寞了吗?"

回来的路上,我一直在心中回味着前川先生的话。他使我忽然面对着价值选择的两难困境,不知如何是好了。

我又见到了山本家的柿子树。我突然感到那一树的柿子美丽得有些苍凉。它孤独地立着,徒有一树好好的果实。从这里经过的人,是不会有一个人来光顾它的。它永不能听到人们在吃了它的果实之后对它发出的赞美之词。我甚至想到山本先生以及山本先生的家人,也是很无趣的。

我绝不能接受我家那棵柿子树的遭遇,但我对本以欣赏之心看待的山本家的柿子树的处境,也在心底深处长出悲哀之情。

秋渐深了,山本家柿子树上的柿子,终于在等待中再也坚持不住了,只要有一阵风吹来,就会从枝上脱落下三两颗,直跌在地上。那柿子实在是熟透了,跌在地上,顿作糊状,像一摊摊废弃了的颜料。

还不等它们一颗颗落尽,我便不再走这条小道。

也就是在这个季节里,我在我的长篇小说《红瓦》中感慨良多、充满纯情与诗意地又写了柿子树——又一棵柿子树。我必须站在我家的柿子树与山本家的柿子树中间写好这棵柿子树:

> 在柿子成熟的季节里,那位孩子的母亲,总是戴一块杏黄色的头巾,挎着白柳篮子走在村巷里。那篮子里装满了柿子,她一家一家地送着。其间有人会说:"我们直接到柿子树下去吃便是了。"她说:"柿子树下归柿子树下吃。但柿子树下又能吃下几颗?"她挎着柳篮,在村巷里走着,与人说笑着,杏黄色的头巾,在秋风里优美地飘动着……①

一九九七年五月二十日于北京大学燕北园

---

① 《红瓦》正式发表时,这段文字有所改动。

关于肥肉的历史记忆

小时候,总想长大了做一个屠夫,杀猪,能顿顿吃大肥肉,嘴上整天油光光的——油光光地在田野上走,在村子里走,在人前走,特别是在那些嘴唇焦干、目光饥饿、瘦骨伶仃的孩子们面前走。

在村子里,一个杀猪的屠夫竟是有很高位置的人,人们得奉承他,巴结他,得小心翼翼地看他的脸色。你要是让他厌烦了,恼火了,愤怒了,从此就很难再吃到好肉了。所谓的好肉,就是肥肉多瘦肉少的那种肉,厚厚的一长条肥肉上,只有矮矮的一溜瘦肉,七分白三分红,很漂亮。

那是一个全民渴望肥肉的时代。

土地干焦焦的,肠胃干焦焦的,心干焦焦的,甚至连灵魂都干焦焦的,像深秋时大风中胡乱滚动着的枯叶,互相摩擦,发出同样干焦焦的声音。天干焦焦的,风干焦焦的,空气干焦焦的,甚至连雨都干焦焦的。这是一个正在被风化的世界,一切都已成干土,只要一揉搓,就立即变成随风飘去的粉尘。"油水"在那个时代,是一个令人神往的词,是大词,是感叹词。摇摇晃晃地走在尘土飞扬的路上,身体扁扁地躺在用干草铺就的床上,干瘪的心里想着的是流淌的油水,是枯肠焦胃的滋润。肥肉是花,是歌,是太阳。

　　一家人总要积蓄、酝酿很长很长时间,几近绝望了,才能咬牙豁出去割一块肉。小时,对肉的盼望是全心全意的,专注的,虔诚的。在敲定了下一次吃肉的日子之后,就会日以继夜地死死咬住这个日子,一寸时间一寸时间地在心中数着。总怕大人反悔,因此会不时向他们强调着这个日子,告诉他们还剩多少天就要到吃肉的日子了。平时,即使吃饭也是半饥半饱,更何况吃肉!记得我都念高中了,一个月的伙食费才一块五毛钱,一天五分钱,早晚是咸菜,中午是咸菜汤,上面漂几滴油花。终于等到吃肉的日子,其实并不能保证你能尽情地享受,有些时候,它带有很大的象征性——每个人分小小的一两块。于是,那时候,肥肉就显得弥足珍贵了——花同样的钱,瘦肉解决缺油的能力就远不及肥肉,只有肥肉才具有镇压馋涎的威力。肥肉的杀伤力,是那个时代公认的。那个时代,肥肉是美,最高的美——肥肉之美。厚厚的肥膘,像玉,羊脂玉,十分晶莹,像下了很久之后已经变得十分干净的雪。凝脂,是用来形容美人的,而凝脂不过就是肥油,而肥肉是可以炼成肥油的。等肥油冷却下来——凝脂,就成了最令人神往的美质。

　　肥肉吃到了嘴里,于是它爆炸了!等待多时,只有肥肉独有的油香,立即放射至你的全身,乃至你的灵魂。你,一块几乎干涸的土地,在甘霖中复苏,并陶醉。后来,你终于平静下来,像一只帆船懒洋洋地停在风平浪静的水面上,没有了前行的心思,觉得所有的一切都已获得,什么样的风景都已见过,心满意足了。

而一个屠夫，直接关系到你对肥肉愿望的满足。这是他的权力。

村里只有一个屠夫，管着方圆四五里地的人的吃肉大事。姓李，高个，颧骨突出，眼窝深陷，皮肤黝黑，像南亚人。络腮胡子，又浓又密。大人小孩都叫他"大毛胡子"，当然只能背后叫。他既杀猪，又卖肉，出身于屠夫世家，杀猪水平超绝，将一头猪翻倒，再将它四爪捆绑，然后抬上架子，打开布卷，取出一把尺长尖刀，猛一下插入它的心脏，热血立即"哗啦"喷出，等那猪一命呜呼，再将它从架子上翻落在地，吹气，沸水褪毛，开肠破肚，一气呵成，堪称艺术，无人匹敌。他卖肉的功夫也很好，问好你要多少钱的或是要多少斤两，就在你还在打量那案上的猪肉时，刀起刀落，已经将你要的这一份肉切出，然后过秤，十有八九就是你要的分量，最多也就是秤高秤低罢了。拿了肉的人，回家大可不必再用自家的秤核准。此人一年四季总冰着脸，因为他不必向人微笑，更没有必要向人谦恭地、奉承地笑。无论是杀猪的刀还是卖肉的刀，都是那个时代的权力象征。

当他将半扇猪肉像贵妇人围一条长毛雪貂围脖围在他的脖子上，一手抓住猪的一只后腿，一手抓着猪的一只前腿，迈着大步，"哧嗵哧嗵"地穿过田野时，所有见着他的人都会向他很热情甚至很谦卑地打着招呼，尽管他们知道，他们热乎乎地打了招呼，他未必会给你一个回应，但还是要打这个招呼的，因为他是一个卖肉的人。你虽然不能总吃肉，但终究还是要吃肉的。正是因为吃肉的机会并不多，就希望吃一次像一次，而要做到这一点，就全看大毛胡子的心情了。准确一点儿的说法就是，就看他能不能多切一些肥肉少切一些瘦肉给你了。

吃肉的质量问题,是一个很大的问题。

让大毛胡子高兴、快活,能在刀下生情,似乎比较困难,但得罪大毛胡子,或是让大毛胡子不快,刀下无情,却又似乎很容易。你积蓄、酝酿了许久,才终于来吃这一顿肉,但他就是不让你如愿,吃到你想吃到的肉。这或许是你在给人递烟时没注意到他而没有给他递烟,或许是你们同时走到了桥头而你忘记了先让他过去,或许是他一大早去杀猪,你正巧到门外上茅房,而你竟在撒尿的时候客气地问了个"你早呀",他看到了你的手当时放在了什么不恰当的地方,觉得你侮辱了他……你在不经意间犯下了种种错误,后果就是你吃不到你想吃到的肉。也许,你什么也没有得罪他,但他就是不喜欢你、烦你,你也还是吃不到你想吃的肉。你看着那块已经切下的没有足够多肥肉的肉,心里不能接受,脸上略露不快,或是迟疑着没有立即接过来,他要么说一声:"要不要?不要拉倒!"然后将那块肉扔到了肉案上;要么什么话也不说,就将肉扔到肉案上。你要么就连声说:"要!要!我要!"要么就没完没了地尴尬地站着,结果是后来给你切了一块你更不中意的肉,要么就是肉都卖光了,你吃肉的计划破灭了。由于谁都想吃到想吃的肉,而谁都想吃到的肉是有限的,因此,当大毛胡子背着半扇猪肉还走在田野上时,这天准备实现吃肉计划的人早早就来到他家等候着了。等大毛胡子将半扇猪肉扔到了肉案上后,所有的人都不吭声,只是用眼睛仔细地审视着肉案上的肉,他们默默地,却在心中用力地比较着哪个部位的肉才是最理想的,等切过几块到了你想要的那个部位时,刚才还在装着好像仅仅是闲看的你,立即上去说:"给我切二斤。"但你看到的情形是：同时有几个人说他要那个部位。当这些人开始争执时，大毛胡子"咣当"将切肉的大刀扔在了肉案上。买肉，买到了你满意的肉，心里很高兴，但许多时候你会感到很压抑。

若是你提了一块长条的肥膘肉走在路上，引过许多欣赏的目光，听到有人赞美说："膘好！好肉啊！"的时候，你就觉得你今天是个大赢家。而若是你提了一坨没有光泽的瘦肉走在路上，别人不给予赞美之词时，你就觉得你今天是很失败的，低着头赶紧走路，要不顺手拍一张荷叶将那肉包上。

最好的最值得人赞美的肉，是那种肥膘有"一拃厚"的肉："哎呀，今天的肉膘真肥啊！一拃厚！"在说这句话时，会情不自禁地张开食指和大拇指，并举起来，好像是冲着天空的一把手枪在向暴民们发出警告。

我们家是属于那种能吃到肥膘"一拃厚"的人家。

屠夫、校长，都是这地方上重要的人物，不同的是，校长——我的父亲，是让人敬畏的人，而屠夫——大毛胡子，仅仅是让人畏的人。由于我父亲在这个地方上的位置，加上我父亲乃至我全家，对大毛胡子都很有礼（我从不叫他"大毛胡子"，而叫他"毛胡子大爷"，他很喜欢这个称呼，我一叫，他就笑，很受用的样子），他对我们家从来就是特别关照的。每逢他背回半扇肥膘"一拃厚"的肉，就会在将肉放到肉案上后，跑到大河边上，冲着对面的学校喊道："校长，今天的肉好！"他从不用一种夸张的、感叹的语气说肥膘有"一拃厚"，这在他看来，是一种不确切的说法，别人可以说，他不可以说，再说，这也不符合他"死性"的脾气。如果我们家恰逢在那一天可以执行吃肉的计划，就由我的母亲站在大河边上说要多少斤两的肉。我们家从不参加割肉的竞争，等肉案空了，人都散尽，我母亲或是我，才带着已经准备好的钱去取早已切下的那块好肉。我至今还清清楚楚地记得，那块肉总是挂在从房梁上垂下来一个弯曲得很好看的钩子上。有晚来的人，进了屋子，瞄一眼空空的肉案，再抬头观赏一番房梁上的这块肉，知道是大毛胡子留给谁家的，绝不再说买肉的事，只是一番感叹："一块多好的肉！"临了，总还要补充一句："肥膘一拃厚！"

这样的肉，尽管难得一吃，还是直吃到我离开老家到北京上大学。

到了北京之后，吃肉的问题依然未能得到缓解，对肥肉的渴望依然那样的旺盛和不可抑制。许多往事，今天说起，让后来的人发笑——

那年，我们大队人马(约有两千多师生)到北京南郊大兴的一片荒地上开荒种地，后来我们十几个同学又被派到附近的一个叫"西枣林"的贫穷村庄搞调查。我们住在老百姓的家中，白天下地与农民一起劳动，晚上串门搞采访，一天只休息五六个小时，身体消耗极大，而伙食极差。村里派了一个人，为我们烧饭，伙食标准比在学校要低得多，为的是在农民们面前不搞特殊化。实际上，我们比农民吃的还要差许多，也比我在老家时吃的差许多。一天三顿见不到一星儿荤腥，一个多月过去了，就清汤白菜，连油花儿都没有。硬邦邦的窝窝头，实在难以下咽，就在嘴里嚼来嚼去，我们几个男生就互相看着对方的喉结在一下子一下子地上下错动。我觉得它们很像一台机器上正在有节奏地运动着的一个个小小的机关。这天夜里,我感到十分的饥荒,心里干焦干焦的,翻来覆去难以成眠,月亮像一张闪光的大饼挂在天上,我的眼睛枉然地睁着,慌慌地听着夜的脚步声。这时,对面的床上,我最好的朋友小一轻轻问我:"曹文轩,你在想什么?"我歪过脑袋:"我在想肥肉!"他在从窗外流进来的月光下小声地"咯咯咯"地笑起来。我问他:"你在想什么?"他说:"我不告诉你!"我小声地说:"你一定也是在想肥肉!"我就将身子向他床的方向挪了挪,朝他"咯咯咯"地笑,不远处的几个同样没有睡着的同学,就很烦地说:"曹文轩,白天就吃几个窝窝头,你哪来的精神,还不睡觉!"

第二天晚上,临睡觉之前,小一跑到门口,往门外的黑暗里张望了一阵,转身将门关紧,又将窗帘拉上,弯腰从床下拿出一个用废报纸包着的东西,然后将睡在这间屋子里的四位同学叫到一起,慢慢地将报纸打开——

"罐头!"

"罐头!"

我们同时叫了起来,小一下意识地回头看了一眼:"小声点儿!"他将一个玻璃罐头高高地举在裸露着的灯泡下,让我们欣赏。

灯光下的玻璃瓶发出刺眼的光芒。里头是一块块竖着的、整齐地码放着的猪肉,它们紧紧地挨着,像一支在走圆场的队伍。

小一高个儿,胳膊也长,他举着罐头瓶,并慢慢地转动着:"我在村里的小商店买的,是从十几只罐头里挑出来的,尽是肥肉!"

"肥肉! 肥肉! ……"我仿佛听到所有在场的人在心中不住地叫着。

接下来,我们开始打开这个罐头,头碰头,细细品味着。吃完之后,我们轮流着开始喝汤,直到将汤喝得干干净净。最后,小一还将瓶子举起放在唇边,仰起脖子,很耐心地等着里面还有可能流出的残液。他终于等到了一滴,然后心满意足地舔了舔舌头。他将罐头又用报纸包好,塞到了床下,然后,神情庄重地说:"对谁也不能说我们吃了罐头!"我们都向他肯定地点了点头。我们谁都知道,吃罐头是严重有悖于当时的具体语境的。

我们没有擦嘴,让肥肉特有的那种油腻的感觉停留在我们已多日不沾油水的唇上。

这天,住在另一户人家的一个同学来我们这里传达学校的一个通知,才一进屋,就将鼻子皱了起来,然后,像一只狗那样在屋里嗅着。他一边嗅,一边说:"猪肉罐头味!"

小一说:"神经病!"

我们也都说:"神经病!"

那个同学看了我们每个人的脸,用手指着我们:"你们吃猪肉罐头了!"

他将身子弯了下来,伸长脖子,使劲嗅着。

我们就不断地说:"神经病!"

他终于将脑袋伸到了床下,好在床下一片黑暗,他什么也没看见。最终,他在我们一片"神经病"的骂声中总算放弃了寻找,向我们传达了学校的一个通知后,疑疑惑惑地走了,一边走一边还在嘟囔:"我都闻到了,就是猪肉罐头的味道……"

这个同学闻到罐头味的那一天,距我们吃罐头的时间已经相隔八天之久……

读书期间,我回过几次家,那时的农村,情况已稍有改善,吃肉的机会也稍微多了一些。大毛胡子惦记我,知道我回来了,就会隔三岔五地在大河那边喊:"校长,今天的肉好!"然后对走过的人说:"校长家文轩喜欢吃肥肉……"每次回家,我总能吃上几次肉。不久,当我们从南郊荒地回到学校时,吃肉的次数也已经明显增加,对肥肉的欲望开始有所减弱。一九七六年夏天,却再一次经历了肥肉的煎熬——

唐山大地震发生后不久,北京大学派出上千名师生到唐山参加抗震救灾。十几辆卡车和大轿子车,一路颠簸,将我们运送到了实际上已经根本不存在了的唐山。在唐山,北京大学除了有许多诸如"与灾区人们共患难"的口号之外,还有一个十分硬性的规定:"决不给灾区人们增添一份负担!"那意思就是,我们即使有钱,也不得在唐山消费,一分也不行。所有给养都是由北京大学从北京城运到唐山,学校车队的几辆卡车,昼夜不停地颠簸在北京与唐山间的道路上,而那时的道路已经被地震严重破坏,往来一趟很不容易,况且余震不断,不时有桥梁再度坍塌或道路再度损坏的消息。维持上千号人的生活,极度困难,经常发生粮油短缺的情况。至于吃鱼吃肉,那只能是我们的奢望了,况且,在那样一种家破人亡、一片废墟的情景中大吃大喝也不合适。我们要下矿,要帮助清理废墟,要深入医院、矿山采访写报告文学,在饥一顿饱一顿的状况下,一天一天地疲惫下来,一天一天地瘦弱下来,眼睛也一天天地亮了起来,是那种具有贼光的亮。想吃肉的欲望,想吃肥肉的欲望,一天一天地,像盛夏的禾苗"轰隆隆"地生长着,尽管空气里散发着腐烂的尸体气味,令人有呕吐的感觉,但吃肉的欲望并没有因此有所削弱。

就在众人嘴里要淡出鸟来时,学校车队历经千难万险,运来了一车猪肉,伙食房马上接下这批猪肉,开始为我们这些早已面有菜色的师生制作红烧肉。当伙食房里的肉味以压倒性优势将腐尸的气息打压下去时,我们一个个欢笑颜开地望着从简陋烟囱里袅袅升起的炊烟,觉得那烟里也有肉味。

这一回很过瘾,每人可以分得一钵纯肉。

但吃了这顿肉,就不知猴年马月再吃到下顿了。因此,很多人不想大快朵颐,只图一时痛快,吃得很有节制,慢慢地吃,慢慢地尝,反正都是自己的,也没有人跟你抢。有个上海同学,吃得很精细,并且他说服了自己,将一顿的肉分成两顿吃,中午一顿,晚上一顿。先吃瘦肉,再吃肥肉,把过大瘾的时间放在最后。等我们这帮寅吃卯粮没有计划的人将钵中的肉吃得干干净净、已没有任何吃肉欲望地洗刷钵子时,他的钵子里还有不少清一色的肥肉。他双手端着钵子,特意在我们面前走过,那意思是说:你们这帮家伙,都是一些不会过日子的人!

我们都有点儿后悔自己的贪婪。

那位上海同学将这些肉很细心地在钵子里整理了一下,然后爬上上铺,将钵子放在头顶上方的小小书架上,然后,就躺在床上开始学校规定的一个小时午休。

吃了肥肉的人是很容易困的(我一直以为肥肉是醉人的),不一会儿我们都昏昏入睡。就在大家睡得正香时,一次特大的余震来了,顷刻间,临时搭建的地震房激烈摇晃并颤抖起来,就在大家大呼小叫之中,那位上海同学忽发一声惊呼,大家扭头看他时,就见那只钵子不偏不倚地倒扣在他的脸上,大家一时忘了地震的恐惧,都大笑起来。他抹了抹脸,下意识地舔了舔流淌到嘴边的肉汁。在他那张被肉汁弄得模模糊糊的脸上,我们依然看出了一脸的懊恼。

直到晚上吃饭,他还在唠叨:"早知道,我就中午都吃了……"

那时,我们谁也不会想到,多少年后,吃肥肉竟会是一种有勇气的行为,是好汉才干的事情。现在,一盆切得很讲究的方肉端上桌来了,就觉得那是一个危险所在,是陷阱,是地雷。吃一块时,脸上的表情有英勇就义的意思。若是桌上有女性,男人们就说:"吃一块,肥肉是美容的。"彼此都知道这是骗人的,是男女之间的一个游戏。我的孩子一度比较瘦弱,就想让他吃一点儿肥肉,但这是需要收买的,吃一块肥肉五块钱,后来上升到十块钱,再后来,就是天价,他也不吃了。有朋友告诉我,他的女儿一看见肥肉,竟然控制不住地发抖,说那肥肉会动,是一条颤颤巍巍的虫子。

至于说到大毛胡子,十年前见到他时,他就已垂垂老矣,但老人还以卖肉为生,因为他的儿子们不肯养他。而如今,这地方上,包括他的两个儿子在内,已经有好几个屠夫和卖肉的了。他们都把肉案子摆到人来人往的桥头上,进入了暗暗的却是无情的竞争状态。我每次回家,若是我自己去买肉,就一定直奔老人的肉案,若是母亲或是妹妹们去买肉,我就一定会叮嘱她们:"买毛胡子大爷的!"

如今肥肉成了让人讨厌的东西,连猪的品种都在改良,改良成只长瘦肉不长肥肉的猪。这种猪肉总是让人生疑。

在桥头转悠时,一次,我见到一个年轻人嫌大毛胡子割给他的肉肥肉太多,很不高兴地将那块肉又"咕咚"一声扔回到老人的肉案上,一句话没说,扭头就走。

背已驼得很厉害的老人,没有一点儿脾气,一双早已僵硬的手在油腻的围裙上搓了又搓,尴尬地朝我笑笑……

二〇一〇年一月十三日于北京橡树湾

第 三 辑

水边的文字屋

　　小时候在田野上或在河边玩耍,常常会在一棵大树下,用泥巴、树枝和野草做一座小屋。有时,几个孩子一起做,忙忙碌碌的,很像一个人家真的盖房子,有泥瓦工、木工,还有听使唤的小工。一边盖,一边想象着这个屋子的用场。不是一个空屋,里面还会放上床、桌子等家什。谁谁谁睡在哪张床上,谁谁谁坐在桌子的哪一边,不停地说着。有时好商量,有时还会发生争执,最严重的是,可能有一个霸道的孩子因为自己的愿望没有得到满足,恼了,突然一脚踩烂了马上就要竣工的屋子。每逢这样的情况,其他孩子也许不理那个孩子了,还骂他几句很难听的话,也许还会有一场激烈的打斗,直打得鼻青脸肿"哇哇"地哭。无论哪一方,都觉得事情很重大,仿佛那真是一座实实在在的屋子。无论是希望屋子好好地保留在树下的,还是肆意要摧毁屋子的,完全把这件事看成了大事。当然,很多时候是非常美好的情景。屋子盖起来了,大家在嘴里发出"噼里啪啦"一阵响,表示这是在放爆竹。然后,就坐在或跪在小屋前,静静地看着它。终于要离去了,孩子们会走几步就回头看一眼,很依依不舍的样子。回到家,还会不时地惦记着它。有时会有一个孩子在过了一阵子后,又跑回来看看,仿佛一个人离开了他的家,到外面的世界去流浪了一些时候,现在又回来了,回到了他的屋子、他的家面前。

我更喜欢独自一人盖屋子。

那时,我既是设计师,又是泥瓦工、木匠和听使唤的小工。我对我发布命令:"搬砖去!"于是,我答应了一声:"哎!"就搬砖去——哪里有什么砖,只是虚拟的一个空空的动作。很逼真,还咧着嘴,仿佛是一大摞砖头,死沉死沉的。很忙碌。一边忙碌一边不住地在嘴里说着:"这里是门!""窗子要开得大大的!""这个房间是爸爸妈妈的,这个呢——小的,不,大的,是我的!我要睡一个大大的房间!窗子外面是一条大河!"……那时的田野上,也许就我一个人。那时,也许四周是滚滚的金色的麦浪,也许四周是正在扬花的一望无际的稻子。我很投入,很专注,除了这屋子,什么也感觉不到。那时,也许太阳正高高地悬挂在我的头上,也许都快落进西方大水尽头的芦苇丛中了——它很大很大,比挂在天空中央的太阳大好几倍。终于,那屋子落成了。那时,也许有一只野鸭的队伍从天空飞过,也许,天空光溜溜的,什么也没有,就是一派纯粹的蓝。我盘腿坐在我的屋子跟前,静静地看着它。那是我的作品,没有其他任何人参与的作品。我欣赏着它,这种欣赏与米开朗基罗完成教堂顶上的一幅流芳百世的作品之后的欣赏,其实并无两样。可惜的是,那时我还根本不知道这个意大利人——这个受雇于别人而作画的人,每完成一件作品,总会悄悄地在他的作品上一个不太会引起别人注意的地方,留下自己的名字。早知道这一点,我也会在我的屋子的墙上写上我的名字。屋子,作品,伟大的作品,我完成的。此后,一连许多天,我都会不住地惦记着的我的屋子,我的作品。我会常常去看它。说来也奇怪,那屋子是建在一条田埂上的,那田埂上会有去田间劳作的人不时地走过,但那屋子,却总是好好的还在那里,看来,所有见到的人,都在小心翼翼地保护着它。直到一天夜里或是一个下午,一场倾盆大雨将它冲刷得了无痕迹。

再后来就有了一种玩具——积木。

那时,除了积木,好像也就没有什么其他的玩具了。一段时期,我对积木非常着迷——更准确地说,依然是对建屋子着迷。我用这些大大小小、不同形状、不同颜色的积木,建了一座又一座屋子。与在田野上用泥巴、树枝和野草盖屋子不同的是,我可以不停地盖,不停地推倒再盖——盖一座不一样的屋子。我很惊讶,就那么些木块,却居然能盖出那么多不一样的屋子来。除了按图纸上的样式盖,我还会别出心裁地利用这些木块的灵活性,盖出一座又一座图纸上并没有的屋子来。总有罢手的时候,那时,必定有一座我心中理想的屋子矗立在床边的桌子上。那座屋子,是谁也不能动的,只可以欣赏。它会一连好几天矗立在那里,就像现在看到的一座经典性的建筑,直到一只母鸡或是一只猫跳上桌子毁掉了它。

屋子,是一个小小的孩子就会有的意象,因为那是人类祖先遗存下的意象。这就是为什么第一堂美术课老师往往总是先在黑板上画一个平行四边形,然后再用几条长长短短的、横着的竖着的直线画一座屋子的原因。

屋子就是家。

屋子是人类最古老的记忆。

屋子的出现，是跟人类对家的认识联系在一起的。家就是庇护，就是温暖，就是灵魂的安置之地，就是生命延续的根本理由。其实，世界上发生的许许多多事情，都是和家有关的。幸福、苦难、拒绝、祈求、拼搏、隐退、牺牲、逃逸、战争与和平，所有这一切，都与家有关。成千上万的人呼啸而过，杀声震天，血沃沙场，只是为了保卫家园。家是神圣不可侵犯的。这就像高高的槐树顶上的鸟窝不可侵犯一样。我至今还记得小时候看到的一个情景：一只喜鹊窝被人捅掉在了地上，无数的喜鹊飞来，不住地俯冲，不住地叫唤，一只只都显出不顾一切的样子，对靠近鸟窝的人居然敢突然劈杀下来，让在场的人不能不感到震惊。

家的意义是不可穷尽的。

当我长大之后，儿时的建屋欲望却并没有消退——不仅没有消退，还随着年龄的增长、对人生感悟的不断加深，而变本加厉。只不过材料变了，不再是泥巴、树枝和野草，也不再是积木，而是文字。

文字构建的屋子，是我的庇护所——精神上的庇护所。

无论是幸福还是痛苦，我都需要文字。无论是抒发，还是安抚，文字永远是我无法离开的。特别是当我在这个世界里碰得头破血流时，我就更需要它——由它建成的屋，我的家。虽有时简直就是铩羽而归，但毕竟我有可归去的地方——文字屋。而此时，我会发现，那个由钢筋水泥筑成的家，其实只能解决我的一部分问题而不能解决我全部的问题。

多少年过去了,我写了不少文字,出了不少书,其实都是在建屋。这屋既是给我自己建的,也是——如果别人不介意、不嫌弃的话,也尽可以当成你自己的屋子。

我想,其他作家之所以亲近文字,和我对文字的理解大概是一样的。不一样的是,我是一个在水边长大的人,我的屋子是建在水边上的。

二〇一〇年七月二十二日于橡树湾

因 水 而 生

——《草房子》写作札记

因水而生

我的空间里到处流淌着水,《草房子》以及我的其他作品皆因水而生。

"我家住在一条大河边上。"这是我最喜欢的情景,我竟然在作品中不止一次地写过这个迷人的句子。那时,我就进入了水的世界。一条大河,一条烟雨蒙蒙的大河,在飘动着。水流汩汩,我的笔下也水流汩汩。

我的父亲做了几十年的小学校长,他的工作不停地调动,我们的家是随他而迁移的,但不管迁至何处,家永远傍水而立,因为,在那个地区,河流是无法回避的,大河小河,交叉成网,因而叫水网地区。那里人家,都是住在水边上,所有的村子也都是建在水边上,不是村前有大河,就是村后有大河,要不就是一条大河从村子中间流过,四周都是河的村子也不在少数。开门见水,满眼是水,到了雨季,常常是白水茫茫。那里的人与水朝夕相处,许多故事发生在水边、水上,那里的文化是浸泡在水中的。可惜的是,这些年河道淤塞,流水不畅,许多儿时的大河因河坡下滑无人问津而开始变得狭窄,一些过去很有味道的小河被填平成路或是成了房基和田地,水面在极度萎缩。我很怀念河流处处、水色四季的时代。

首先,水是流动的。你看着它,会有一种生命感。那时的河流,在你的眼中是大地上枝枝杈杈的血脉,流水之音,就是你在深夜之时所听到的脉搏之声。河流给人一种生气与神气,你会从这里得到启示。流动在形态上也是让人感到愉悦的。这种形态应是其他许多事物或行为的形态,比如写作——写作时我常要想到水——水流动的样子,文字是水,小说是河,文字在流动,那时的感觉是一种非常惬意的感觉。水的流动还是神秘的,因为,你不清楚它流向何方,白天黑夜,它都在流动,流动就是一切。你望着它,无法不产生遐想。水培养了我日后写作所需要的想象力。回想起来,儿时,我的一个基本姿态就是坐在河边上,望着流水与天空,痴痴呆呆地遐想。其次,水是干净的。造物主造水,我想就是让它来净化这个世界的。水边人家是干净的,水边之人是干净的,我总在想,一个缺水的地方,是很难干净的。只要有了水,你没法不干净,因为你面对水时再肮脏,就会感到不安,甚至会感到羞耻。春水、夏水、秋水、冬水,一年四季,水都是干净的。我之所以不肯将肮脏之意象、肮脏之辞藻、肮脏之境界带进我的作品,可能与水在冥冥之中对我的影响有关。我的作品有一种"洁癖"。再其次,是水的弹性。我想,这个世界上再也没有比水更具弹性的事物了。遇圆则圆,遇方则方,它是最容易被塑造的。水是一种很有修养的事物。我的处世方式与美学态度里,肯定都有水的影子。水的渗透力,也是世界上任何一种物质不可比拟的。风与微尘能通过细小的空隙,而水则能通过更为细小的空隙。如果一个物体连水都无法渗透的话,那么它就是天衣无缝了。水之细,对我写小说很有启发。小说要的就是这种无孔不入的细劲儿。水也是我小说的一个永恒的题材与主题。对水,我一辈子心存感激。

作为生命,在我理解,原本应该是水的构成。

我已经习惯了这样湿润的空间。现如今,我虽然生活在都市,但那个空间却永恒地留存在了我的记忆中。每当我开始写作,我的幻觉就立即被激活:或波光粼粼,或流水淙淙,一片水光。我必须在这样的情景中写作,一旦这样的情景不再,我就成了一条岸上的鱼。

水养育着我的灵魂,也养育着我的文字。

《草房子》也可以说是一个关于水的故事。

小说与诗性

这个话题与上一个话题相联。"小说与诗性"——在创作《草房子》的前后,我一直就在思考这一命题。

何为诗性?

这是一个难以回答的问题。事情就是这样:一样东西明明存在着,我们在意识中也已经认可了这样的东西,但一旦当我们要对这样东西进行叙述界定,试图作出一个所谓的科学定义时,我们便立即陷入一种困惑。我无法用准确的言辞(术语)去抽象地概括它,即使勉强地概括了,十有八九会遭质疑。造成这种状况的原因,我以为主要是因为被概括对象,它们其中的一部分处于灰色的地带——好像是我们要概括的对象,又好像不是,或者说好像是,又好像不是。正是因为有这样的事实存在,所以我们在确定一个定义时,总不免会遭到质疑。

几乎所有的定义都会遭到反驳。

这是很无奈的事情。我们大概永远也不可能找到一个绝对的、不可能引起任何非议的定义。

对"诗性"所作的定义,可能会是一个更加令人怀疑的定义。

我们索性暂时放弃定义的念头,从直觉出发——在我们的直觉上,诗性究竟是什么? 或者说:诗性具有哪些品质与特征?

它是液态的,而不是固态的。它是流动的,是水性的。"水性杨花"是个成语,通常形容某些女子的易变。这个词为什么不用来形容易变的男人? 因为"水性杨花"还含有温柔、轻灵、飘荡等特质,而所有这些特质都属于女性所有——我说的是未被女权主义改造过的女性——古典时期的女性。

诗性也就是一种水性。它在流淌,不住地流淌。它本身没有形状——它的形状是由他者塑造出来的。河床、岔口、一块突兀的岩石、狭窄的河、开阔的水道,是所有这一切塑造出了水的形象。而固态的东西,它的形象是与它本身一起出现于我们眼前的,它是固定的,是不可改变的,如果改变了——比如用刀子削掉了它的一角,它还是固体的——又一种形象的固体。如果没有强制性的、具有力度的人工投入,它可能永远保持着一种形象。而液体——比如水,我们可以轻而易举地改变它——我们甚至能够感觉它有要让其他事物改变它的愿望。流淌是它永远的、不可衰竭的青春欲望。它喜欢被"雕刻",面对这种雕刻,它不作任何反抗,而是极其柔和地改变自己。

从这个意义上讲,水性,也就是一种可亲近性。我喜欢水——水性。因为,当我们面对水时,我们会有一种清新的感觉。我们没有那种面对一块赫然在目的巨石时的紧张感与冲突感。它没有使我们感到压力——它不具备构成压力的能力。历代诗人歌颂与水相关的事物,也正是因为水性是可亲之性。曲牌《浣溪沙》——立即使我们眼前呈现出一幅图画:流水清澄,淙淙而流,一群迷人的女子在水边浣洗衣裳,她们的肌肤喜欢流水,她们的心灵也喜欢流水,衣裳随流水像旗子在空中的清风里一样飘荡时,她们会有一种快意,这种快意与一个具有诗性的小说家在写作时所相遇的快意没有任何差别。

我们现在来说小说——

诗性/水性,表现在语言上就是去掉一些浮华、做作的辞藻,让语言变得干净、简洁,叙述时流畅自如但又韵味无穷。表现在情节上,不去营造大起大落的、锐利的、猛烈的冲突,而是和缓、悠然地推进,让张力尽量含蓄于其中。表现在人物的选择上,撇开那大红大紫的形象、内心险恶的形象、雄伟挺拔的形象,而择一些善良的、纯净的、优雅的、感伤的形象,这些形象是由水做成的。

"仁者乐山,智者乐水"。

老子将水的品质看作是最高品质:"上善若水。"

但我们不可以为水性是软弱的,缺乏力量的。水性向我们讲解的是关于辩证法的奥义:世界上最有力量的物质不是重与刚,而恰恰是轻与柔。"滴水穿石"是一个关于存在奥秘的隐喻。温柔甚至埋葬了一部又一部光芒四射、活力奔放的历史。水性力量之大是出乎我们想象的。我一直以为死于大山的人要比死于大水的人少得多。固态之物其实并没有改造它周围事物的力量,因为它是固定在一个位置上的,不具流动性,因此,如果没有其他事物与它主动相撞,它便是无能的,是个废物,越大越重就越是个废物。液态之物,具有腐蚀性——水是世界上最具腐蚀性的物质。这种腐蚀是缓慢的、绵久的,但却可能是致命的。并且,液态之物具有难以抑制的流动性——它时时刻刻都有流动的冲动。难以对付的不是固态之物,而是液态之物。每年冬季,暖气试水,让各家各户留人,为的是注意"跑水"——跑水是极其可怕的。三峡工程成百上千个亿的金钱对付的不是固体而是液体,是水,是水性。

当那些沉重如山的作品所给予我们的冲动于喝尽一杯咖啡之间消退了时,一部《边城》的力量却依然活着,依然了无痕迹地震撼着我们。

现在我们来读海明威与他的《老人与海》。我们将《老人与海》说成是诗性的,没有人会有理由反对。从主题到场面,从故事到人物,它都具有我们所说的诗性。

诗性如水,或者说,如水的诗性——但,我们在海明威这里看到了诗性/水性的另一面。水是浩大的、汹涌的、壮观的、澎湃的、滔天的、恐怖的、吞噬一切的。

在这里我们发现，诗性其实有两脉：一脉是柔和的，一脉是强劲的。前者如沈从文、废名、蒲宁、川端康成，后者如夏多布里昂、卡尔维诺、海明威。决千里大堤的也是水。水是多义的、复杂的、神秘的、不可理喻的。因为有水，才有存在，才有天下，才有我们。

《草房子》当无条件地向诗性靠拢。我的所有写作，都当向诗性靠拢。那里，才是我的港湾，我的城堡。

个人经验

《草房子》写的是上世纪五十年代末、六十年代初的生活，是我对一段已经逝去生活的回忆。在中国，那段生活也许是平静的，尤其是在农村。但那段生活却依然是难以忘却的。它成了我写作的丰富资源。

或许是个人性格方面的原因，或许是我对一种理论的认可，我的写作不可能面对现在，更不可能去深入现在，我是一个无法与现代共舞的人。我甚至与现代格格不入。我最多只能是站在河堤上观察，而难以投入其中，身心愉悦地与风浪搏击。我只能掉头回望，回望我走过来的路，我的从前。我是一个只能依赖于从前写作的作家。当下的东西几乎很难成为我的写作材料。对此，我并不感到失望与悲哀。因为有一些理论在支持着我：写作永远只能是回忆；写作与材料应拉开足够的距离；写作必须使用自己的个人经验。

与海明威、福克纳、斯坦贝克齐名的美国小说家托马斯·沃尔夫曾在他的自传体论文《一部小说的故事》以及《写作的生活》中不厌其烦地诉说着一个意思：小说只能使用自己的个人经验。在他看来，"一切严肃的作品说到底，必然是自传性质的"。

我们应当认可这样一种观念。

之所以要认可这样一种观念，是因为有一个很简单的道理摆在我们面前：一个小说家只有依赖于个人经验，才能在写作过程中找到一种确切的感觉。可靠的写作必须由始至终地沉浸在一种诚实感之中。而这种诚实感依赖于你对自己的切身经验的书写，而不是虚妄地书写其他。个人经验奔流于你的血液之中，镌刻在你灵魂的白板之上。只有当你将自己的文字交给这种经验时，你才不会感到气虚与力薄。你委身于它，便能使自己的笔端流淌真实的、亲切的文字——这些文字或舒缓或湍急，但无论是舒缓还是湍急，都是你心灵的节奏。这种写作，还会使你获得一种道德感上的满足：这一切，都是我经验过的，我没有胡言与妄说。并且，当你愿意亲近你的经验时，经验也会主动地来迎合你。它会将它的无穷无尽的魅力呈现出来，你会发现，回味经验比当时取得经验时更加使你感到快意。

就"独特"一词而言，我们也只有利用自己的个人经验。

小说不能重复生产。每一篇小说都应当是一份独特的景观。"独特"是它存在的必要性之一。因为它独特，才有了读者。而要使它成为独特，我们只有一条路可走，这就是求助于自己的个人经验——个人经验都是独特的。

如同世上没有两片相同的树叶一样，世上也没有两份相同的个人经验。每一个人都处在自己的天空下。从根本上说,我们并不拥有一个同一的天空。社会、家庭、个人智力、若干偶然性遭遇、文化背景、知识含量、具体的生存环境,所有这一切交织在一起,必然造成人与人在经验方面的差异。这些差异或者是巨大的,犹如沟壑那般不能消弭,或者是微细的,而微细的差异恰恰更难加以消弭。差异使我们每一个人都获得了让别人辨认的特征,我们互相对望,在滚滚的人流中可以认出任何一个人。每一个人都是一份"异样",一份"特色"。而小说看中的正是这些"异样"与"特色"。

然而使我们感到困惑的是:我们的小说创作却常常游离于个人经验之外。

发生在创作过程中的"端着金饭碗要饭吃"的现象居然是一个普遍现象,这似乎有点儿不可思议,却是不争的事实。绝大部分企图成为作家的人,永远只是作为一个作者而未能坐定作家的位置,就在于他们在日复一日的辛勤写作过程中,总不能看到自身的写作资源——那些与他的生命、存在、生活息息相关、纠缠不清的经验。他撇下了自己,而以贫穷、空洞的目光去注视"另在"——一个没有与他的情感、心灵发生过关系的"另在"。这个"另在",一方面是离他远远的他人生活,一方面竟是别人的文学文本——他以别人的文学文本作为他的写作资源。竭尽全力地模仿,最终只是为这个世界增添了一些生硬而无味的复制品。

拉美有个小说家写了一本畅销书,叫《牧羊少年奇幻之旅》。这个故事很妙:一个西班牙的牧羊少年连续做了几次情景相同的梦:他从他脚下的一座教堂的桑树下出发,穿过河流、高山与非洲大沙漠,最终来到金字塔下——那里埋藏着财宝。他决心寻梦。这天,他终于来到了梦中的金字塔下。他正在挖财宝时,来了两个坏蛋,当他们毒打了这孩子一顿并知道他在干什么时,其中一个嘲笑道:你是这个世界上最愚蠢的人。不久前,就在你挖财宝的地方,我也做过两个相同的梦,我梦见从这座金字塔出发,穿过沙漠、高山与河流,来到西班牙原野上的一座教堂的桑树下,那里埋着财宝。但我不至于愚蠢到像你为两次相同的梦而去干那样的事。孩子面对苍穹双膝跪下,因为他突然领悟了天意:财富就在自己生活的脚下。许多人的写作过程,也就是这样的过程:长途跋涉,历经磨难,终于回到自身。更可悲的是,这些回到自身的人,竟寥若晨星,绝大部分人永远没有那个牧羊少年的觉悟,而在那个空空的金字塔下做无谓的挖掘。

也有一开始就将自己的文字交给自己的经验的,这些人无疑是创作队伍中的"先知"与"天才"。

造成这种情状的原因既在个人,又在社会——某种社会的风尚阻碍了写作者与自身经验的亲近。这个社会强调的是公共(集体)经验,而忽视个人经验。它发动它的全部宣传机器,营造出一种让小说家忘却自身而只看到它愿意让它的全体公民看到的景观。这些景观,是充分意识形态化的,并且是非常公式化与教条化的。这里的经验,是国家、政权的或某些政治家的经验。这个社会还可能对企图回到自身经验的行为当头棒喝,将回到自身经验的行为认作一种对抗行为。如此社会状态之下的小说创作,除了将文字无谓地付诸于种种概念之外,我们很难指望它会留下什么鲜活的文字。

"写作是一种回忆。"但能够被回忆的,只能是个人记忆。小说的使命之一,就是用珍贵如金的文字保存了一份又一份的个人记忆。这些众多的个人记忆加在一起,才使那段历史,一个生动的、神采飞扬的历史得以保存。集体的历史的记忆,是建立在无数的个人记忆之上的。我始终认为,《红楼梦》的历史价值,是当时的任何一部典籍、宫廷记录、野史都无法替代的,任何一位史官都无法与作为文学家的曹雪芹相媲美。《红楼梦》使那段历史得以存活——我们只有在阅读《红楼梦》时,才有具体的感觉,仿佛它就在我们身边。尽管一个作家在进行真正的文学创作时,并不将呈现历史当作自己的唯一重任,但,只要是他尊重了自己的个人记忆,写出了他的那一份绝不雷同于他人的独特感受,就一定会在客观上呈现历史。《红楼梦》无疑也使我们获得了历史记忆。

历史学家、社会学家,他们也许有责任倾向于集体记忆,而文学家则应当倾向于个人记忆。正是因为有文学家的存在,历史学家、社会学家的概念才获得了形象的阐释,才使这些概念有了生命感。

我们在强调个人经验时,并不意味着对人类集体经验的逃脱,而恰恰是期望以它的独特性以及由此带来的差异性而对人类的集体经验加以丰富。

《草房子》带有自传性质,这是无疑的。

拒绝深刻

在《草房子》出版后的几年,当我的一些文学观念已经有了清晰而确定的表述之后,我的学生问我:您的小说在梦想的空间里一直将美感作为一种精神向度,甚至作为一种准宗教,以此救赎这个日渐麻木、下沉了的社会,但是,在这个强大的实用的物质社会里,您难道没有看到美感对这个社会及人心的救赎力量的有限性吗?

我回答道:如果连美都显苍白,那么还有什么东西才有力量?是金钱?是海洛因?一个人如果堕落了,连美也不能挽救他,那么也只有让他劳动改造,让他替牛耕地去,让他做苦役去了。还剩下一个叫"思想"的东西。思想确实很强大,但思想也不是任何时候都强大的。思想有时间性,过了这个时间,它的力量就开始衰减。伟大的思想总要变成常识。只有美是永恒的,这一点大概是无法否认的。当然,美不是万能的。希特勒不是不知欣赏美,但这并没有使他放下屠刀,一种卑贱的欲望使他那一点儿可怜的美感不堪一击。

后来我们谈到了古典主义和现代主义的问题。在我的学生看来,所谓的古典主义只是现代社会里的诞生物,而我的古典风格恰恰是一位现代主义者的另一种表现方式,因为在我的古典的美感表达里,同样思考着"恶""荒谬""欲望"等现代主义作家们思考的问题。学生问道:如果上述现代主义的关键词影响了美感,您将如何取舍?

我的回答是：不是取舍，而是让那些东西在美的面前转变——要么转变，要么灭亡。你在花丛面前吐痰害臊不害臊？你在一个纯洁无瑕的少女面前袒露胸膛害臊不害臊？我记不清是哪一篇小说了，一个坏蛋要对一位女士动以粗鲁，而一旁一个天使般的婴儿正在酣睡之中，那个女士对那个坏蛋说道："你当着孩子的面，就这样，你害臊不害臊？"那个坏蛋一下子就泄气了。当然这只是小说，生活中，一个坏蛋才不在乎这些呢。但连美都不在乎的人，你还能有其他什么办法吗？只有付诸法律了。

后来，我们谈到了所谓的深刻性。

学生说：我发现您的小说在人物的塑造上有一个普遍性的规律：善与恶都不写到极致。您常常采取一种"之间"的地带。这符合人性本身。但同时，是否使得您的小说缺少现代作家笔下人物的深刻性？

我的回答是：我不光是写小说的，还是研究小说的，因此我比谁都更加清楚现代小说的那个"深刻性"是怎么回事，又是怎么被搞出来的。无非是将人往坏里写，往死里写，往脏里写就是了，写凶残，写猥琐，写暴力，写苍蝇，写浓痰，写一切一个人在实际生活中都不愿意相遇的那些东西。现代小说的深刻性是以牺牲美感而换得的。现代小说必须走极端，不走极端，何有深刻？我不想要这份虚伪的深刻，我要的是真实，而且，我从内心希望好人比实际生活中的好人还好，而坏人也是比实际生活中的坏人要好。但说不准哪天我受了刺激忽然地换了一种心态，我也会来写这种深刻性的，我对达到这种深刻的路数了如指掌。

我会永远写《草房子》吗？未必。

读 者 是 谁

　　我不是一个十分典型的儿童文学作家,因为我在写作过程中一般较少考虑我作品的阅读对象是儿童,更少考虑他们是我作品的唯一阅读对象。在书写的日子里,百般焦虑的是语言、故事、结构、风景、意象甚至是题目和人名之类的问题。我曾经许多次发表过一个偏颇的观点:没有艺术,谈论阅读对象是无效的。但我十分走运,我的文字引来了成千上万的儿童。当那些书以每年每种十万册的增长速度被印刷时,我暗自庆幸我所选择的文学法则。我要在这里告诉诸位:儿童是这个世界上最好的读者。

1

　　今天,我谈论的话题是:儿童文学作家如何面对浅阅读时代、如何定义自己的读者。有些观点可能是非常个人化的,不具普遍意义。

话题要从当下儿童的阅读状态谈起。道理很简单:生产出来的作品是供人阅读的,阅读状态影响着写作状态,尤其是当世界运行到今天这个高度商业化,并将娱乐作为至上原则的时代,写作状态比以往任何时候都更加受到阅读状态的影响和制约。

这些年我一直在关注一个无处不在的事实:当我们用尽天下最优美的言辞去赞美阅读时,我们却同时面临着泛滥成灾的无意义的、劣质的、蛊惑人心的、可能会使人变得无知和愚昧,甚至会使人堕落的书。

童书的状况也大致如此。

这些书几乎与那些优美的图书一样多。它们也是书——问题就正在于它们也是书。书和书是一样的面孔,我们无法说它们不是书。有时,它们甚至比书还像书。事情的复杂性一下子使我们陷入了似乎永不能走出的泥淖。

因为知识的多样性与复杂性,因为道理的多样性与复杂性,我们很难指认哪些书不是书而是垃圾。它们混杂在好书中间,冠冕堂皇地与好书堆放在一起,我们望着它们,却根本不能判断它们。加上当今世界的唯利是图,这些书在被出版商们以及被出版商们贿赂过的媒体们的大肆宣扬与轮番炒作之后,竟然都成了善书——甚至还被美化为经典。而那些养精神、长智慧的书则显得默默无闻。这些书严重败坏了儿童的精神世界,损伤了他们的心智。

这是我们面对的现实。

这一现实告诉我们:一个图书丰富——丰富到泛滥的时代,却有可能是一个阅读质量严重下降的时代。

读不读书,是一个重要的问题。它甚至可以被解读为一个国家、一个民族、一个人的文明程度。而我以为读什么书,却是一个更重要的问题。对于儿童来说,这个问题则尤为重要。

2

什么是"儿童阅读"?

我的定义是:所谓儿童阅读,应当是在校长、老师以及有见地的家长指导乃至监督之下的阅读。因为中小学生的认知能力与审美能力正在成长中。换句话说:他们的认知能力与审美能力是不成熟的,甚至是不可靠的。

我们在持有民主思想与儿童本位主义时,忘记了一个常识性的问题:我们是教育者,他们是被教育者。这是一个基本关系,这个关系是不可改变的,也是不可能改变的。我们在若干方面——包括阅读在内,负有审视、照料、管束、引导和纠正的责任。这是天经地义,既是一种现实,也是一种伦理。

我们可以在这里张扬人权。但当人权成为教育与被教育这一关系的颠覆者时,那么,这种人权要么是错误的,要么就是被我们曲解的。当我们沉浸在人权主义的高尚、正义的情感之中为今天的孩子仗义执言,摆出一副保护神、代言人的架势,完全不加分辨地尊重他们的包括阅读在内的若干选择时,我们怀疑过自己行为的正确性吗?人的认知能力与审美能力,是在后天的漫长教化中逐步趋于成熟的,不可能一蹴而就。他们的选择,可以成为我们根本不必质疑的标准吗?因为他们喜欢,所以好,所以优秀,这个逻辑关系可以成立吗?

如何确认一些书籍算是好的、优秀的,大概要组织一个陪审团,而这个陪审团的组成肯定不能只有孩子,还必须有成人、专家等。只有这个陪审团作出的判断才是可靠的。

3

从读书中获得愉悦,甚至以读书来消遣,这在一个风行享乐的时代,是合理的。对于一般的阅读大众而言,大概没有必要要求他们放下这些浅显的书去亲近那些深奥的、费脑筋的书。因为这个世界并不需要有那么多的过于深刻的人。对于一般人而言,不读坏书足矣。

我们所面对的是一个浅阅读时代,这个事实无法改变。

但一个具有深度的社会、国家、民族,总得有一些人丢下这一层次上的书去阅读较为深奥的书。而对于专业人士而言,他们还要去读一些深奥到晦涩的书。正是因为有这样一个阅读阶层的存在,才使得一个社会、一个国家、一个民族的阅读保持在较高的水准上。

我们来说孩子的阅读。

因孩子正处于培养阅读趣味之时期,所以,在保证他们能够从阅读中获得最基本的快乐的前提下,存在着一个培养他们高雅的阅读趣味——深阅读兴趣的问题。他们是一个国家、一个社会、一个民族未来的阅读水准。未来的专业人才,也就出于其中。如果我们不在他们中进行阅读的引导而只是顺其本性,我们就不能指望有什么高质量的阅读未来。

　　不久前,我曾在一次演讲中发问:儿童文学的读者是谁? 听上去,这是一个荒诞的问题——儿童文学的读者当然是儿童。可是,儿童在成为读者之前、他们则仅仅是儿童。他们是怎么成为读者的呢? 什么样的作品使他们成为读者的呢? 回答这些问题就远不那么简单了。我们可以毫不犹豫地说:那些顺从了儿童的天性并与他们的识字能力、认知能力相一致的作品使他们成了读者。可是有谁能确切地告诉我们儿童的天性究竟是什么? 古代并没有儿童文学,但儿童们并没有因为没有儿童文学而导致精神和肉体发育不良。写《红楼梦》的曹雪芹没有读过安徒生,但无论从人格还是从心理方面看,都是健康的、健全的。鲁迅时代,已经有了儿童文学,他甚至还翻译了儿童文学,他与俄国盲人童话作家爱罗先珂之间的关系还是文学史上的一段佳话。但鲁迅的童年只有一些童谣相伴,然而,这一缺失并没有影响他成为一个伟人。从这些事实来看,儿童文学与儿童之关系的建立,其必然性就让人生疑了:儿童是否就必须读这样的儿童文学呢? 儿童喜欢的、儿童必须要读的文学是否就是这样一种文学呢? 这种文学是建构起来的还是天然的? 但不管怎么说,后来有了一种叫"儿童文学"的文学,并使成千上万的——几乎是全部的儿童都成了它的读者。问题是:他们成为读者,是因为这种文学顺乎了他们天性,还是因为是这样一种文学通过若干年的培养和塑造,最终使他们成了它的读者? 一句话:他们成为儿童文学的读者,是培养、塑造的结果还是仅仅是因为这个世界终于诞生了一种合乎他们天性的文学? 一些儿童文学作家在承认了儿童自有儿童的天性、他们是还未长高的人之后,提出了"蹲下来写作"的概念。可是大量被公认为一流的儿童文学作家则对这种姿态不屑一顾、嗤之以鼻。E. B. 怀特说:"任何专门蹲下来为孩子写作的人都是在浪费时间……任何东西,孩子都可以拿来玩。如果他们正处在一个能够抓住他们注意力的语境中,他们会喜欢那些让他们费劲的文字的。"蹲下,没有必要;儿童甚至厌恶蹲下来与他们说话的人,他们更喜欢仰视比他们高大的大人的面孔。

经验告诉我们:儿童确实有儿童的天性。但经验同时也告诉我们:他们的天性之一就是他们是可培养、可塑造的。无须怀疑,应该有一种叫"儿童文学"的文学,但这种叫"儿童文学"的文学应该是一种培养他们高雅趣味、高贵品质的文学,而不是仅仅一味顺从他们玩乐天性的文学。

"读者是谁"的发问,只是想说明一个问题:儿童文学的读者并不是确定不变的,我们可以用我们认为最好的、最理想的文字,将他们培养成、塑造成最好的、最理想的读者。

一种具有深度的阅读仍然是愉悦的。不同的是,浅阅读的愉悦来自于阅读的当时,深阅读的愉悦来自于思索、品味与琢磨之后的刹那辉煌。阅读者的乐趣不仅仅在文本所给予的那些东西上,还在于探究与思考的过程中。浅阅读只给他们带来一种愉悦,而深阅读带给他们的是两种愉悦,而这两种愉悦中的无论哪一种,都一定在质量上超越了浅阅读所给予的那一种愉悦。

4

书是有等级的。

尽管都是书,而实际上书与书有天壤之别。对于成长中的孩子而言,除去那些有害的不可阅读的书而外,即使都是有益的书,也还是有区分的:一种是用来打精神底子的,一种是用于打完精神底子后再读的。这里,我们不必去衡量前者与后者谁更有价值(当然,我个人认为,还是前者更有价值——前者属于文学史,与"经典""名著"这些概念有关),只是说,它们在进入孩子的阅读视野时,是有先后次序的,其情形犹如油漆漆门,先打底漆,而后才上面漆。

对于孩子而言,这些所谓的打精神底子的书,简单来说,就是那种大善、大美、大智慧的书。这里,善、美和智慧,是用特有的方式表达出来的,与孩子的认知能力相呼应。它们的功能是帮助一个孩子确定基本的、合理而健康的存在观、价值观以及高雅的情调与趣味。

事实上,自有书籍以来,我们一直在为孩子的成长确认这些用于打精神底子的书。尽管因为时代的局限、认识能力的局限,有些时候,我们确认的这些书并不十分理想,但确认这类书籍的雄心和孜孜不倦的工作,是应当肯定的。

当一个善良的、充满母爱并对自己孩子的未来抱了巨大希望的母亲选择了某种书,我们基本上可以放心地说:那些书,就是用来为孩子打精神底子的书。一个母亲的直觉是最可靠的。如果你承认这一点，那么，当一个母亲不愿意自己的孩子去看某些书时，我们当对这些书表示疑问。

书是有血统的——这是我一贯的看法。一种书具有高贵的血统，一种书则血统不怎么高贵。我这么说，并无这样的潜台词：我们只需阅读具有高贵血统的书，而可将一切非高贵血统的书统统排斥在外。我只是想说：我们并不能让我们的孩子只是一味地读那些非高贵血统的书，而没有机会去亲近那些具有高贵血统的书。那些具有高贵血统的文字，毕竟是最高级的文字，它们与一个人的格调、品位有关，自然也与一个民族的格调、品位有关——如果一个人或一个民族，想成为高雅的人或民族，不与这样的文字结下情缘，大概是不可能的。

如果一部儿童文学作品、一个儿童文学作家只属于读者的童年，而这个读者在长大成人之后就将其忘却了，这样的作品、作家当然不是一流的。一部上乘的儿童文学作品、一个一流的儿童文学作家，是属于这个读者一生的。"儿童文学"由"儿童"和"文学"组成。在适当考虑到它的阅读对象之后，我们应当明确：就文学性而言，它没有任何特殊性。它与一般意义上的文学所具有的元素和品质是完全一致的——儿童文学是文学。如果只有"儿童"没有"文学"，这样的儿童文学只会停滞于读者的童年，是根本无法跟随这个读者一路前行的。如果一个上了初中的孩子羞于谈论他在上小学时读的儿童文学作品，如果一个成年人不愿提及他的童年阅读史，那么，那些所谓的儿童文学不是垃圾也一定是很糟糕的。

　　一部儿童文学作品,若能在一个人的弥留之际呈现在他即将覆灭的记忆里,这部作品一定是一部辉煌的著作。一个儿童文学作家最大的幸福就在于被一个当年的读者在晚年时依然感激地回忆起他的作品。

　　这个境界对我而言非常遥远,却是我向往的。

三个放羊的孩子的故事

——三个文学的隐喻

中国的儿童文学乃至中国文学,究竟需要思考一些什么重要问题? 在整个世界文学的格局中,我们究竟处在何种位置上? 我们究竟采用何种文学标准? 这个世界上有那样一种普遍通用的标准吗? 这些标准是谁建立起来的,又是怎样被建立起来的呢? 它是先天的还是一种后天的理念装置? 是客观的还是建构起来的意识形态?

我们这些从事文学创作的人,始终处在极度的焦虑中。

我们的焦虑主要来自于我们在世界文学格局中被他者所认可的位置——一个很低的位置,甚至没有位置。我们自己甚至也是这样来确定自己的位置的。我们更多地看到了他者——他者的辉煌和荣耀。我们毫不犹豫地就将他者所确定的标准看成了无须证明的公理。其实,他者的标准在他者那里也是朝三暮四、朝令夕改的。今天的文学标准还是昨天的文学标准吗? 西方的激进主

义——用布鲁姆的话说,那些"憎恨学派"们要干的一件事就是让
"已死的欧洲白人男性"立即退场。在西方人眼里,所谓文学史也
就是欧洲文学史,而欧洲文学史又是谁写就的呢?男人。这些男
人,又是清一色的白色人种。他们包括莎士比亚、但丁、歌德、托尔
斯泰等一长串名单。这些男人们都已统统死去。他们代表着历
史,是西方的文学道统。让"已死的欧洲白人男性"立即退场,这
就等于彻底地否定了历史,也就否定了从前的文学标准。

我们来问一个问题:"如果将那两个日本人——川端康成与
大江健三郎,生活的年代颠倒一下,大江在川端的时代写大江式的
作品,而川端在大江的时代写川端式的作品,他们还会获得诺贝尔
文学奖吗?"

回答几乎是肯定的:不会。

因为到了大江的时代,当年被川端视作命根子的美,已经被彻
底否决并被无情抛弃了。

可见,那些总是乐于为整个人类制定标准的西方人,其实自己
也没有恪守一个与日月同在的黄金标准。那么,我们为什么又要
无怨无悔地将自己锁定在由他们制定的标准上呢?

中国先人们在数百年数千年间建立起来的标准,为什么就不
能也成为标准呢?

西方文学在经过各路"憎恨学派"对古典形态的文学不遗余
力的贬损与围剿之后,现在的文学标准,也就只剩下一个:深
刻——无节制的思想深刻。这既是诺贝尔文学奖评奖委员会的标
准,也是掌握话语权的专家学者们的标准。这个标准,成为不证自
明的标准,并吸引了成千上万的文学朝圣者,气势非常壮观。可

是,中国自己在数千年中建立起来的文学标准里有"深刻"这一条吗?没有。尽管它们的文学中一样具有无与伦比的深刻。就中国而言,它在谈论一首诗、一篇文章或一部小说时,用的是另样的标准,另样的范畴:雅、雅兴、趣、雅趣、情、情趣、情调、性情、智慧、境界、意境、格、格调、滋味、妙、微妙……说的是"诗无达诂""羚羊挂角无迹可求"之类的艺术门道,说的是"昨夜西风凋碧树,独上高楼,望断天涯路""衣带渐宽终不悔,为伊消得人憔悴""众里寻他千百度,蓦然回首,那人却在灯火阑珊处"之类的审美境界。

有谁向世人证明过我之"意境"就一定比你之"深刻"在价值上来得低下呢?没有任何人做过任何证明。怕是我能抵达你的"深刻"而你却无法抵达我的"意境"吧?

我们退一步说,即使他者的标准是天经地义、放之四海而皆准的,我们的文学就真的经不起这些尺度的考量吗?源源不断的版权买入之后,那些遍地开花的翻译作品,就真的都技高一筹吗?我们对这些舶来品难道不存在夸大解读的事实吗?怕是一边是对他者的无限夸大,一边又是对自己文本的无限缩小吧?如此这般,便造成了一条鸿沟,从此天壤两极。

我们的文学在世界上所处位置的低下,问题究竟出在哪里?是我们文本的先天不足?是我们对自己缺乏推销抑或是推销错误?是他者的本能低看?是意识形态的作祟?难道这一切不需要我们去仔细辨析吗?我们能从我们作品没有广泛被他者译介就从此在心中认定那是因为我们技不如人从而陷入焦虑吗?

我是一个承认文学是有规律可循的人,是一个承认文学标准并顽固地坚持标准的人。我始终认为文学是有恒定不变的基本面的。这个规律、标准、基本面,是我切身体会到的,它既存在于西方也存在于中国,既存在于昨天也存在于今天。我认为的文学,就是那样一种形态,是千古不变的,是早存在那儿的。我承认,文学的标准是无须我们再去重新建立的,它已经建立了,在文学史的经验里,在我们的生命里,它甚至已经包含在我们的常识里。走近文学,创造文学,是需要这些道理,这些常识的。儿童文学也不例外——我从来也不承认儿童文学在本质上与一般意义上的文学有什么不同。

我们该讲三个放羊的孩子的故事了。

第一个放羊的孩子的故事——

有一本书,叫《牧羊少年奇幻之旅》,作者巴西人,保罗·柯艾略。这部书全球发行一千万册。我在巴西的巴西利亚大学文学院做演讲时,讲到了这部作品,当时台下的人笑了,因为保罗·柯艾略本人就在那个地方做过演讲。作品写道:一个牧羊少年在西班牙草原上的一座教堂的一棵桑树下连续做了两个相同的梦,梦见自己从西班牙草原出发,穿过森林,越过大海,九死一生,最后来到了非洲大沙漠,在一座金字塔下发现了一堆财宝。他决定去寻梦。他将自己的决定告诉了父亲。父亲给了他几个金币:去吧。他从西班牙草原出发了,穿过森林,越过大海,九死一生,最后来到了非洲大沙漠。他找到了梦中的金字塔下,然后开始挖财宝——挖了一个很大的坑,却并未见到财宝。这时,来了两个坏蛋,问他在干什么,他拒绝回答,于是遭到了这两个坏蛋一顿胖揍。孩子哭着将他的秘密告诉了这两个坏蛋。他们听罢哈哈大笑,然后丢下这个孩子,扬长而去。其中一个走了几十步之后,又走了回来,对牧羊少年大声说:"孩子,你听着,你是我在这个世界上见过的最愚蠢的孩子。几年前,就在你挖坑的地方,我也连续做过两个相同的梦,你知道梦见什么了吗? 梦见了从你挖坑的地方出发,我越过大海,穿过森林,来到了西班牙草原,在一座教堂的一棵桑树下,我发现了一大堆财宝,但我还没有愚蠢到会去相信两个梦。"说完,他哈哈大笑,扬长而去。孩子听完,"扑通"跪倒在金字塔下,仰望苍天,泪流满面:天意啊! 他重返他的西班牙草原,在他出发的地方,也就是那座教堂的那棵桑树下,他发现了一大堆财宝。

这是一个具有寓言性的故事。

这个故事告诉我们一个道理:财富不在远方,财富就在我们自己的脚下。但我们却需要通过九死一生的寻找,才会有所悟。

写作最重要也是最宝贵的资源究竟是什么?

就我作为一个中国作家而言,便是中国经验。就我们个人而言,就是我们的个人经验。

一个作家只有在依赖于个人经验的前提下,才能在写作过程中找到一种确切的感觉。

"每个人在不同的时空背景之下,会得到不同的经验。"在这个世界上,每个人都是独特的,每个人都有一个只属于他自己的世界。命运、经历、不同的关系网络、不同的文化教育以及天性中的不同因素,所有这一切交织在一起,使得每一个人都作为一种"特色"、作为"异样"而存在于世。"我"与"唯一"永远是同义词。如果文学不建立在个人经验的基础上,那么在共同熟知的政治的、伦理的、宗教的教条之下,一切想象都将变成雷同化的画面。而雷同等于取消了文学存在的全部理由。让－伊夫·塔迪埃在分析普鲁斯特的小说时，说了一段十分到位的话："有多少艺术家，就有多少面不同的镜子，因为每人有自己的世界，它与其他任何世界都不相同。伟大的作品只能与自己相似，而与其他一切作品不同。"

无疑，个人经验是片面的。

但我们无法回避片面。

托尔斯泰是片面的，蒲宁是片面的，雨果是片面的，普鲁斯特是片面的，狄更斯是片面的，卡夫卡和乔伊斯是片面的，鲁迅是片面的，沈从文也是片面的，同样，安徒生是片面的，林格伦也是片面的，而这一个又一个的片面的融和，使我们获得了相对的完整性。我们没有必要害怕现代的卡夫卡，因为我们还拥有古典的托尔斯泰；我们没有必要害怕沈从文的超然与淡化，因为我们还有鲁迅的介入与凝重；我们没有必要害怕林格伦的嬉笑与愉悦，因为我们还有安徒生的忧伤和诗性般的美感。

没有个人经验，集体的经验则无从说起。集体的经验寓于个人经验之中，它总要以个人经验的形式才得以存在。

书写个人经验——我们都做到了吗？

第二个放羊的孩子的故事——

这是一个我们很小的时候就听过的寓言故事——《狼来了》。

一个放羊的孩子从峡谷里跑出来，大叫"狼来了"，但后面并没有狼。人们上当了。一次又一次，最后一次，狼真的来了，但人们再也不相信他，结果极其悲惨：这个孩子被狼吃掉了。这个警示性的故事讲了一代又一代。

但现在有一个人——写《洛丽塔》的纳博科夫重新解读起了这个故事。他居然说，那个放羊的孩子是小魔法师，是发明家，是这个世界上一个非常了不起的孩子，因为这个孩子富有想象力，他的想象与幻想，居然使他在草丛中看到了一只根本不存在的狼，他虚构了一个世界。然后，他说道，一个孩子从尼安德特峡谷里跑出来，大叫"狼来了"，而背后果然跟着一只大灰狼——这不成其为文学；一个孩子从峡谷里跑出来，大叫"狼来了"，而背后并没有狼——这就是文学。这个孩子终于被狼吃了，从此，坐在篝火旁边讲这个故事，就带上了一层警世危言的色彩。其实，他说，那个可怜的小家伙因为撒谎次数太多，最后真的被狼吃掉了，纯属偶然。

我们是什么人？我们应该就是那个放羊的孩子。

但，我们在教条的占领下退化了，我们已经失去了虚构的能力。

文学从根本上来讲，是用来创造世界的。但若干世纪以来，我们却总有一份不改的痴心：用文学来再现现实。

其实文学是根本无法再现所谓客观的，世界只是"我"的表象，表象世界并不等于客观世界。我们见到了这样的诗句：太阳，金色的，温烫的，像一只金色的轮子。我们面对着太阳时，这些太阳的特征是一起给予我们的，它们是共时的。而现在变成语言艺术后，这些特征在给予我们时，变成历时的了——是一个特征结束后才出现又一个特征、再一个特征的。面对着太阳时，我们是一下子领略到它的，而诗中的太阳是一个特殊的太阳，我们是一点儿一点儿地领略到的：先是金色的太阳，后是温烫的太阳，再后来是一只像金色轮子的太阳。语言不是一潭同时全部显示于你的水，而是屋檐口的雨滴,一滴一滴直线流淌着。它有时间顺序。改变了原物的节奏,把原先共时的东西扯成了历时的东西,诗中的太阳怎么可能还是客观的太阳呢? 事实上,任何诗人都无法再现那个有九大行星绕它转动的灿烂的天体。

绘画可以成为反例吗? 有些作品确实逼真到使人真假难辨了。欧洲写实派画师,画一个女人裸体躺于纱帐之中,使人觉得那是货真价实的纱帐,那女人也是活生生的。更有神话一般的趣谈:一位画家画了一幅葡萄静物,一位朋友来欣赏时,发现有一只苍蝇落于葡萄之上,心中不快,便挥手去赶,可那苍蝇纹丝不动,仔细察看,那只苍蝇原来是画的。我的印象中卢浮宫有好几幅这样的画。我面对它们时,感觉只有一个词:逼真。若干绘画实践几乎使人深信不疑了:绘画可以再现客观。

但是,绘画也不能成为反例。事实上,"绘画用明显的虚伪,让我们相信它是完全真的"。我现在向你指出:那个纱帐中的女人其实是有残缺的,在她的后颈上有一块紫色的疤痕。可是谁能见到这块紫色的疤痕呢? 你能绕到她的后面去吗? 后面是画布的另一面,空空如也。绘画只有前面,没有后面。

夕阳很美,在夕阳中滑动的归鸦很美;晶莹的雪地很美,在雪地上走动的一只黑猫很美;旷野很美,在旷野上飞驰的一匹白马很美。然而,我们可以将它们称之为艺术吗? 不能。因为自然不是艺术。我们都还记得那则经典性的故事吗? 一位画家非常认真地在画山坡上吃草的羊,一位牧童走过来看了看说:"既然你把羊画得跟我的羊一样,干吗还要画羊呢?"

下面的见解是我于二十年前在北大课堂上向学生宣扬的——

艺术与客观,本来就不属于同一世界。我们把物质性的、存在于人的主观精神以外的世界,即那个"有",称之为第一世界;把精神性的,是人——只有人才能创造出来的文学艺术,即从"无"而生发出来的那个世界,称之为第二世界。

造物主创造第一世界,我们——准造物主创造第二世界。

这不是一个事实的世界,而是一个无限可能的空白世界,创造什么,并不是必然的,而是自由的。

几千年过去了,人类利用空幻,已创造了无数非实际存在的形象。空幻始终是创造艺术和创造其他精神形式的重要途径。没有空幻,第二世界就会变得一片苍白。

我们可以对造物主说:你写你的文章,我写我的文章。

空虚、无,就像一堵白墙——一堵高不见顶、长不见边的白墙。我们把无穷无尽、精彩绝伦、不可思议的心像,涂抹到了这堵永不会剥落、倒塌的白墙上。现如今,这堵白墙上已经斑斓多彩,美不胜收,上面有天堂与地狱的景象……这个世界已变成人类精神生活中不可分割的部分。

这个世界不是罗列归纳出来的,而是猜想演绎的结果。它是新的神话,也可能是预言。

儿童文学更应当是,难道不是吗?

第三个放羊的孩子故事——

故事选自《大王书》的第三卷。作品写道,整个世界上的书籍,统统被一个暴君下令焚烧了。一座座书的火山,在都城燃烧了许多时日,天空都快被烧化了。你可以去联想秦始皇、希特勒,还有其他人的暴行。最后一座火山中,突然,好像是从火山的底部喷薄而出,一本书飞向了夜空。这是这个世界上的最后一本书。它最后宿命般地落到了一个放羊的孩子手上。现在他已是一位年轻的王。他的名字叫茫。《大王书》中所有的人物,甚至是那群羊,他们的名字也都只有一个字,所有这些字,都是很有意味的,是相生相克的。代表邪恶的王叫熄——"大火熄灭"了的"熄"。现在,一场战役拉开了序幕——鸽子河战役。这天,茫带领他的军队来到了一条大河边。这条大河因两岸有成千上万只野鸽子而得名——鸽子河。茫军要过河,肯定过不去,因为对岸有熄军重兵把守。茫军连续几次强渡鸽子河,均以失败而告终,鸽子河的水面上已经漂满了茫军将士的尸体。这一天,鸽子河的上空出现了一幕令人惊心动魄的情景:一只巨大而凶恶的老鹰在追杀一只白色的小鸽子。所有茫军将士都在仰望天空,在心为小鸽子的安危祈祷。但他们看到的是:老鹰突然劈杀下来,将小鸽子的翅膀打断了。鸽子非常顽强,歪斜着继续在天空飞翔。这时老鹰再次劈杀下来,千钧一发之际,我们年轻的王、那个放羊的孩子,从地上捡起一颗石子,一下子将那只鹰从空中击落下来。下面的场景是:那只小鸽子又飞行了两圈,最后落在年轻英俊的王的肩上。第二天,鸽子河的上空出现了令人不可思议的怪异情景:成千上万只鸽子分成两部分,分别飞行在这边和那边两个不同的空间里,并且一部分是纯粹的白色,而另一部分则是纯粹的黑色。所有茫军将士都仰望着天空,但没有一个人读得懂天空的这篇文章究竟是什么意思。茫读懂了,他觉得这些鸽子好像要告诉茫军什么。他就久久地仰望着天空,最终,他突然明白了:那些鸽子是要告诉茫军,对岸的熄军是怎样布阵的,在黑鸽子飞翔的地方,是熄军重兵把守的地方,在白鸽子飞翔的地方,则是熄军力量薄弱的地方。茫军再次强渡鸽子河——在白鸽子飞翔的地方。果然没有遭遇到熄军的猛烈反扑。但就在茫军的船只马上就要到达对岸的时候,那边熄军的增援部队赶到了,于是我们看到成千上万支箭纷纷射向了正在渡河的茫军。这时,我们看到了极其惨烈而悲壮的一幕:成千上万只鸽子迎着成千上万支箭纷纷扑上去,天空顿时一片血雨纷飞。就在这时,茫军趁机登陆,歼灭了全部的熄军。本来茫军是可以继续前进的,但他们却留下了,他们要做一件事,将这些鸽子埋葬掉。他们把这些鸽子一只一只捡起来,做成了一个很大的鸽子的坟墓。第二天,当霞光染红了东方的天空时,全体茫军将士绕着这座巨大的鸽子的坟墓缓缓走过,每个人走过的时候,都会往上面放上一朵刚刚采来的野花。等全部走过,这座巨大的鸽墓已经被鲜花厚厚地覆盖了。茫军告别了鸽子河,开赴前线,从此,那成千上万只鸽子化成精灵,永远飞翔在全体茫军将士的灵魂之中。

在我看来,文学从诞生的那一天开始,始终将自己交给了一个核心单词:感动。

古典形态的文学做了若干世纪的文章,做的就是感动的文章。感动自己,感动他人,感动天下。文学就是情感的产物。人们对文学的阅读,更多的就是寻找心灵的慰藉,并接受高尚情感的洗礼。悲悯精神与悲悯情怀,是文学的基本精神和基本情怀。当简·爱得知一切,重回双目失明、一无所有的罗切斯特身边时,我们体会到了悲悯;当沈从文的《边城》中爷爷去世,只翠翠一个小人儿守着一片孤独时,我们体会到了悲悯;当卖火柴的小女孩在寒冷的冬夜擦亮最后一根火柴点亮了世界,并温暖了自己的身和心时,我们体会到了悲悯……我们在一切古典形态的作品中,都体会到了这种悲悯。

人类社会滚动发展至今日,获得了许多,但也损失或者说损伤了许多。激情、热情、同情……损失、损伤得最多的是各种情感。机械性的作业、劳动重返个体化倾向、现代建筑牢笼般的结构、各种各样淡化人际关系的现代行为原则,使人应了存在主义者的判断,在意识上日益加深地意识到自己是"孤独的个体"。无论是社会还是个人,都在止不住地加深着冷漠的色彩。冷漠甚至不再仅仅是一种人际态度,已经成为新人类的一种心理和生理反应。人的孤独感已达到哲学与生活的双重层面。

文学没有理由否认情感在社会发展意义上的价值,从某种意义上讲,这个世界上所发生的一切皆是与情感不可分割的。

悲悯情怀(或叫悲悯精神)是文学的一个古老的命题。我以为,任何一个古老的命题——如果的确能称得上古老的话,它肯定同时也是一个永恒的问题。我甚至认定,文学正是因为具有悲悯精神并把这一精神作为它的基本属性之一,它才被称为文学,也才能够成为一种必要的、人类几乎离不开的意识形态的。

如果我们的儿童文学只是以取乐为能事而丧失了感动的能力,悲耶? 幸耶?

别总拿西方的文本说事,说真理,说应该,说责任,说合理。中国人该说自己的标准了。

让幻想回到文学①

　　许多朋友都知道，在很多年前我就有写一部幻想类作品的念头，但就在跃跃欲试准备进入写作状况时，却见此类作品在一些有识之士的张扬与推动下忽然于一天早晨便在中国大地上锣鼓喧天地热闹了起来。它们成了宠儿，成了许多出版社竞相出版的主打作品，一时间，五颜六色，斑斓多彩，沸沸扬扬地飘落在中国人的阅读空间里。加之《哈利·波特》《指环王》《加勒比海盗》等作品与电影之全球性的滚滚热浪对中国的大肆席卷，中国的作家、批评家、出版家以及广大读者终于彻底地认同了一种叫做"幻想文学"的文学，并义无反顾地迷恋上了它。在如此波澜壮阔的情形之下，我想我没有必要再凑这个热闹，于是便暂时放弃了这个曾经汹涌在心的念头，依然很平静地去写我的《草房子》《红瓦》《细米》《青铜葵花》式的作品去了。

_____

　　① 本文为曹文轩《大王书》的自序，收入时有删减。

然而,就在这几年里,我写着写着便会有一种企图再度涉足此类作品的冲动,但与从前的情形有了不同——冲动的原因,不再仅仅是来自难以压抑的内心渴望,而更多的是来自对当下所谓幻想文学的犹疑和担忧:这就是幻想吗? 这就是文学吗? 这就是幻想文学吗?

　　我从豪华的背后看到了寒碜,从蓬勃的背后看到了荒凉,从炫目的背后看到了苍白,从看似纵横驰骋的潇洒背后看到了捉襟见肘的局促。

　　上天入地、装神弄鬼、妖雾弥漫、群魔乱舞、舌吐莲花、气贯长虹……加之所谓"时空隧道"之类的现代科学的生硬掺和,幻想便成了决堤的洪水,汪洋恣肆,现如今已经有点儿泛滥成灾的意思了。这种无所不能而却又不免匮乏精神内涵和审美价值的幻想,遮掩的恰恰是想象力的无趣、平庸、拙劣乃至恶劣。"幻想"在今天已经成了"胡思乱想"的代名词,成了一些写作者逃避"想象力贫乏"之诟病而瞒天过海、欺世盗名的花枪。所谓"向想象力的局限挑战"的豪迈宣言,最后演变成了毫无意义、毫无美感并且十分吃力的耍猴式的表演。

　　当然,我说的肯定不是全部。我在林林总总中还是看到了一些让我着迷的幻想类作品,它们在经典性方面,可以与一切通常的经典平起平坐,绝不在其下。但令人遗憾的是,其中大部分却不是出自国人之手,而是来自国外。

　　我一直以为,想象力只是一种纯粹的力,这种力是否具有价值,全看是否能够得到优良知识和高贵精神的发动和牵引。如果得不到,这种力就很有可能如一头蛮横的怪兽冲出拘囿它的栅栏,横冲直撞,进行一种没有方向、没有章法的癫狂,甚至会践踏人群、践踏草木。这种所谓的创造,若没有意义与价值,倒还算是好的了,最糟糕的情况是:它所创造出来的可能是一些光怪陆离、歪门邪道的东西,甚至还会创造出使人走火入魔、迷失本性的东西。当年黑格尔称这种想象为"坏想象"。在人类的记忆中,这世界上有许多场灾难就是由那些坏想象所导致的。将成千上万的犹太人赶进焚尸炉,以为可征服并统治整个世界的希特勒的想象,也是一种想象,并且是一种"惊世骇俗"的想象。

所以,我们不可不设前提、毫无反思和警觉地泛泛而谈所谓"想象"。

在文学语境里所谈的坏想象,当然还不至于祸国殃民、灭绝人寰,但它们同样会给我们带来伤害——精神上的、心智上的伤害。它们会使我们烦躁不安、忧心忡忡,会使我们陷入迷狂和痴心妄想,会使我们被恐惧所笼罩而虚汗淋漓。

我们曾为中国当代文学的想象力而汗颜,至今仍在汗颜。中国当代文学作品的绝大部分,至今也未能有所升腾,依然匍匐于灰色的土地。我们的能耐似乎只有坐在那儿照着生活中的那堆烂事依样画葫芦。所谓写作,就是将眼前所见,照单全收,用于想象的心和脑却闲置着,几乎到了荒废的程度。正是有感于此,这些年我们才对想象、想象力那样热衷地呼唤。然而,当终于有一天想象竟满地跑马时,我们所看到的情形却又是令人哭笑不得:那想象,并不是我们所企盼的可以提升中国文学品格、将中国文学带出平庸而狭长地带的那种想象——艺术的想象。

当然,我对当下幻想文学的犹疑与担忧,还不仅仅因为幻想本身的质量,更重要的是因为我深刻地感觉到了文学在这里的缺席与被放逐。

所谓"幻想文学",其实"文学"是没有的,剩下的就只有"幻想"了——"文学"只是浪得了个虚名。

"文学""文学性""艺术""艺术性",这些字眼在这些年里一直纠缠着我,搞得我很烦躁。有时我会很不自信地质疑自己:你是否成了一只迷途的羔羊?有时我甚至对自己的写作感到害怕,怕自己的认定是一种迷乱、一种偏激、一种肤浅,进而还会怀疑自己的社会责任:人家在谈历史、文化、社会、世界、人类、制度、底层、下岗女工、分配的不平等,而你总是在谈什么文学、文学性之类的话题,你是否犯了本末倒置的大错?可是,心虚归心虚,终了还是被这些字眼牵着鼻子走了,还是忘不了去跟与我对话或倾听我言语的人们诉说那一套都长了老茧的话题。

我至今还是冥顽不化地认为,一部既然叫"文学"的作品,天经地义文学就是它的属性,就是它得以安身立命的基石;丢了文学、文学性,那可怜的文字就活不下去,就活不长久;一切都可丢掉,唯独文学性决不可丢掉——丢掉了文学性,就是丢掉了脑袋。

我虚弱的心的底部,还是执着地信奉:文学才是永远璀璨多芒的钻石,而其他都会衰亡——其他东西,即使很有价值,价值连城,也必须将其安放在文学的空间里,如果不是这样,所有这些东西都将会在岁月中风化,最终变成粉末随风飘逝。

基于这些冥顽不化的见解,我决定涉足幻想文学,更何况我在此之前许多年就已经写过一部标准的幻想文学的长篇《根鸟》,并且得到很多荣誉。

我对自己说:去做吧,让幻想回到文学!

为了写好它,我做了我自写小说以来从未做过的案头工作。我很认真地看了大约二十部关于人类学方面的皇皇大著。其中,弗雷泽的《金枝》、斯特劳斯的《野性的思维》、泰勒的《原始文化》、布留尔的《原始思维》等经典性著作,这一次都是重读。它们给了我太多的灵感与精美绝伦的材料。我对这些著作,深怀感激。

如此处心积虑地写《大王书》,其动机自然不在改变局面,我也深知自己没有如此能力,只是想对不尽如人意却又风风火火的幻想文学这么搅和一下。

一石激起千层浪,如果这世界上真能发生如此神奇的物理效应,那么这块无名而愚执的石头即便是被冲入大海,沉入洋底,它也会心甘情愿——它定会安然沉睡。

人间的延伸

——关于动物小说

1

最近看了两个人的书,一个是奥地利的劳伦兹的,一个是英国的布里安·雅克的。他们的文字都是关于动物的。但前者是研究动物行为的科学家,后者却是以动物为描写对象的文学家。前者一生所观察并要揭示的是动物世界的真实,而后者却调动自己最大的想象力去对动物世界进行虚构。我不知道布里安·雅克是否看过劳伦兹的《所罗门王的指环》,如果他看过,我可以从他的作品中所流露出的他对动物的由衷兴趣推断出他会十分喜欢这部书的。但,如果劳伦兹看了布里安·雅克的"红城王国"(这只是假设,因为他是上一个时代的人,根本不可能读到布里安·雅克的"红城王国")就不知是否喜欢了?劳伦兹曾竭力抨击过那些对动物"任意加以塑形"的具有"自由创作"特权的文学家,说他们将人们对动物的认识搞得一团糟。

而在我这里,却是对他们俩的文字都十分喜欢。劳伦兹是个科学家,科学家爱较真,这不足为奇。其实,人们读动物小说,是很少有人会以动物学的要求来看这些小说的。人们的感觉里,这个世界只是人的世界的一个变形,一个延伸。

这个世界是被创造出来的,人们需要这种创造,因为它满足了人们的精神欲求。

这个世界部分是真实的,而绝大部分是虚假的。它是小说家们想象的产物。许多故事只是赤裸裸的"无稽之谈"。

然而,人们宁愿去相信这些"无稽之谈",而不愿去亲近平庸的真实。文学之所以被人们创造出来又被人们作为永久性的选择,就正在于它满足了人们愿意沉醉于虚幻世界的欲望。客观世界本已足够丰富了。然而,人们仍然不能满足。人们利用造物主恩赐的幻造力,进行着一个无边的虚无世界的创造。这个世界在当他们面对现实感到百无聊赖之时,给了他们无穷无尽的新颖景观和荡彻全身的愉悦。这个世界是他们存在于其中的世界的补充与延展。它使人们感到了真正的富有:因为它可以无限地被创造。

动物小说一直在进行着创造。

创造这个世界并无一定的法则,创造什么与如何创造都是高度自由的。目的只有一个:满足人们的精神需要与种种合理的欲望。高度的自由,给创造者带来了极大的创造快意。他们在这里大试幻造力,去想象一只鹰在天空翱翔以及与野兽搏击的情景,或去想象一只遍体鳞伤的猿如何重整旗鼓一举夺得王位的情景。眼见着眼见着,这个世界越来越大,越来越精彩,越来越富有魅力,他们无一例外地都沉浸到了一种职业的快感之中。在其乐无穷的创造中他们得到了安慰:我们这些世界上的贫者甚至是寒酸的赤贫者,实是世界上的幸福之人、百万富翁。

动物小说的创造必将是无休止的。

2

在广义上讲,人也是动物——是动物的一种。由于若干复杂的甚至是不可解释的原因,人这个物种,变得高度发达与智慧,有了其他动物所不具备的东西。此时,人不屑于再与动物为伍了,而将自己看成是与动物完全不同的物种,并与动物对立起来。"人"这一概念的出现,意味着人意识到人是高贵的物种,是凌驾于一切动物之上的。于是,"动物"这一概念就有了一个狭义上的理解:相对于"人"的物种。人在潜意识中不再愿意从广义上来谈动物,而只愿意从狭义上来谈动物,因为这时,人会在心理上得到一种优越感。人甚至在后来完全忘记了自己是广义上的动物,并且将动物看成是一种完全与人不可同日而语、不可相提并论的低下而卑微的生命。当人看到同类有某种恶习或有某种愚蠢行为时,会用蔑视口吻说:"一群动物!"在这里,动物或者说动物性,居然成了人嘲弄和作践的对象。

人类固然高于一般动物(就这一点,也未必不是一个疑问),但人类无法否认与动物的亲缘关系。人虽然与动物早在很多年前就已分道扬镳,但人类至今也未能割断与动物的亲缘关系。事实倒是——如果我们去仔细地观察——在人类身上留有明显的动物痕迹,人与动物的分界远不像人自己所觉得的那么泾渭分明、不可逾越。心理学家们(如荣格)认为,在现今人类的记忆中,存有许多人类的动物祖先的记忆。我们对事物的印象,我们的种种感觉,并非是人类在成为所谓"人"的时候才有的,而是在人类还混同于一般动物时就有了。这一切不可抛却地沉淀在我们的记忆中。动物祖先仍存在于我们的身与心,我们根本无法摆脱物种的历史。为了更有力地证明这一点,心理学家们还观察了儿童。这时,他们更清楚地看到了人所具备的若干动物特征与特性。

人将自己与动物截然分开,是十八、十九世纪理性主义过度张扬的结果。理性主义一方面使人类看到自己的非同寻常之处,从而使人类变得格外自觉并强化了自我进化的意识,从而大步走向文明;一方面又使人类陷入了自恋、自负的情结,使人类与整个世界疏远,以至对立,成为孤独的物种。这种高度张扬的理性主义,损害了物种之间的和谐,损害了世界的整体性。共生共灭之意识的淡化乃至缺失,加之人性恶在新的环境中的发展,使人类对除自身以外的物种,采取了一种虚无主义的或敌对不容的态度。这一切又借助于人类的智慧与才能,变成了不可约束的破坏欲望与虐杀行为。漫长岁月流逝之后,自以为是、不可一世的人类在今天突然感到了一种自他们自绝于世界之后从未有过的大恐慌:由于人的行为而带来的世界整体性的消失,使世界失去了必要的和谐与美好的混沌,失去了万种生命相融为一、欣欣向荣的景象,日益紧张的关系,使一些物种在退化、衰竭乃至彻底地绝种。人类突然有了一种不寒而栗的念头：当一切都不复存在，人类还有存在的可能吗？即便可以存在，还能有存在的乐趣吗？在不期而来的无底的单调与孤独中又如何坚持得住？反省之中的人类重又渴望小鸟如飞临青枝一般飞临肩头歌唱、与鹿共饮一泓清水甚至是与狼共舞于荒漠沙丘的往日时光。

其实，当今人类对自己过于谴责倒也没有必要。因为，在此之前，人类也并未完全泯灭人性。动物小说的不断写就与被广泛阅读就是一个证明。它显示了人类无论是在潜意识之中还是在清醒的意识之中，都未完全失去对人类以外的世界的注意与重视。那些有声有色的，富有感情、情趣与美感甚至让人惊心动魄的文字，既显示了人类依然保存着的一份天性，又帮助人类进一步巩固了人本是自然之子、是大千世界中的一员并且是无特权的一员的记忆。

动物小说帮助人类建立了更广泛的人道主义——这种人道主义不仅仅表现在人类自身的世界，还表现在人类以外一个更广泛的物种世界。

3

动物小说之所以能够作为小说的一种样式存在，并且越来越牢固地成为不可替代的一种，是因为这种小说能够给予我们特殊的精神价值。

对动物世界的描绘与揭示，将会使我们看到似乎是动物世界特有的而实际上是很普泛的生命存在的形式。这一切，像一面镜子,使人类看到了自己的影子,看到了人类社会与动物世界在某些方面的相似,看到了整个世界的基本法则。动物世界是对人类社会的一个印证。我们之所以喜爱阅读动物小说,正是因为它给了我们种种启示。而这种种启示,因为是来自于人类社会以外,反而会格外鲜明、强烈与深刻。动物世界的强者生存的原则,将会使我们领略到生存的严酷性;动物世界的原始冲动与生命的坚韧,将会使因为现代文明而变得缺乏血色与激情的我们受到感染与激励;动物世界的纯真、毫无做作与虚伪的品性,将会使已失去这些品性的我们在感到汗颜、无地自容的同时而重新向往这些品性;由描绘动物世界带来的对博大的自然界的描绘,将会使我们重温大自然的壮烈与温情,并得到精神的洗礼与种种审美享受。

动物小说的意义远不止这些——这些甚至不是主要的意义——主要的意义可能是它使诸种人间主题处在一种新的境况之中,从而使这些主题得到了新的拓展。

人类社会除了有种种动物世界中存有的主题之外,还确实存有它特殊的主题,而且这些主题还是大量的。我们应特别注意到这一点:动物世界的主题(如以上所说的那些主题),几乎是恒定不变的,有史以来,便是如此,且将永远面临;然而,人类社会却会因为它的不断运行而不断出现新的主题。当阶级出现时,便有了阶级压迫,也便有了暴力与革命;当官僚机构形成、僵化与堕落时,便有了官僚主义,也便有了反官僚主义乃至推翻滋生官僚主义机制的强烈动机;日益现代化的社会,却使人感到精神世界的荒芜与前途的黯淡,现代人类社会有了许多从前的人类社会所没有的情绪与感觉……人类社会有它特定的主题,并且是层出不穷的。

文学要表现这些主题——文学一直在不断地随着人类社会的变化在表现这些主题。但文学却不断感到将这些人间主题放在人间的境况中直接进行表现时，常有不尽如人意的地方。文学艺术中的变形处置，就是因那时常产生的不尽如人意之感而导致的：虽然还是在人间，但这个人间已非本来的人间，它被改造与重组，甚至是被假定了。但变形处置，并未使文学家艺术家们从此就觉得在表现一切人间主题时尽如人意了。于是，他们将种种难以表现或在表现时有诸多不便的人间主题迁移到人间以外的世界：魔幻世界、科幻世界……而动物世界是文学家、艺术家普遍看好的世界。

动物小说表现的更多的是一些人间主题。小说家们借这方世界，将这些人间主题完美而到位地揭示了出来。在这个以雄狮、巨象、飞鸟乃至爬虫组成的世界中，小说家们根据自己所希望的在表现这些主题时应有的张力，而创造了形象、形象的性格、形象之间的关系以及由这些形象所组成的故事。我们也可以将这个世界看成是人间的延伸。

通过实践，小说家们发现，许多人间主题倘若还放在人间那种司空见惯的情景中表现，会显得苍白无力，而一旦放到动物世界中表现时，却出人意料且又不可思议地得到了淋漓尽致、入木三分的揭示。他们还时常暗中窃喜：一些由于政治的忌讳、专制的禁令以及其他种种原因而不能放在人间表现的人间主题，却借着动物世界的掩护，不留口实地得到了确切而透彻的表现，从而了却了作家们的一份心愿，完成了文学应有的庄严而神圣的使命。

走 向 王 者
——读经典小说家

他们是小说大师，是小说写作的王者。

作为阅读之臣，对于他们，我们往往崇拜得五体投地。但由于种种原因，我们其实并不真正了解这些无冕之王。对他们非凡脱俗的作品，我们的理解也时常陷入误读之泥淖，有时竟南辕北辙，跟它们的题旨与精义完全走了一个反道。

臣服之心态，使我们在仰慕他们时，可能于无形之中给他们以及他们的作品添加了许多原本所没有的光彩。我们将他们以及那些作品神化了，人间之王变成了天国之王，人间之书变成了天国之书。我们与他们及其作品之间，就有了一条无法逾越的天堑，他们和那些作品在浩渺的那一边，我们则在苍茫的这一边，我们的阅读变成了翘首眺望。依稀间，他们和那些作品，犹如七月骄阳之下大沙漠上的海市蜃楼，恍兮惚兮，我们所看到的未必是一份真实。

我们在走向他们以及他们的作品时，都是有准备的。所谓准备,就是知识的预设。我们已不再是白板一块,我们通过学习,已从他人那里学到了一整套进入他们世界的方式。我们胸有成竹,在还没有与他们以及他们的作品相遇时,其实早就有了一套话语——我们注定了是要那样解读他们以及他们的作品的,一切,早在面对他们和那些作品之前,就已经存在了。从某种意义上说,所有的作品在我们未与它们谋面之前,就已经都被我们读过了。知识的预设是必需的,一个没有知识的人,实际上是无法成为欣赏者的——在一个没有知识的人的眼里,其实是没有小说家与小说的。小说家以及他们的小说的多与少,实际是由我们的知识的多与少来决定的。在走向他们以及他们的作品之前,我们都得有一手。这一手,是那些五花八门的书籍教给我们的——那些书籍有不少出自权威之手。我们对这些权威也是仰视的,因此我们对他们往往言听计从。我们顺手操起他们所给予的武器,胜券在握地出发了,在与那些小说之王狭道相逢时,我们立即举起了手中的武器,我们深信能将他们一枪击倒。我们很少会想到,这些知识——包括那些权威们的知识,其实不一定是可靠的。由于知性的局限与悟性的薄弱,那些由权威们所阐释的知识,可能是一种使我们永远无法走近小说之王以及他们的作品的知识,甚至是一种只会使我们歪曲他们和他们的作品的知识。没有知识,我们无法欣赏小说之王和他们的作品,而有了这样的知识,我们却会走入荒无人烟的歧途。我们面临着两难困境。

在我看来,越是后来的知识,其可靠性越差。在科学主义兴起并成为我们一生的追求时,我们固然在理性方面变得强大起来,但同时,我们的感性却在一直受损。我们对世界的认识,完全倚赖于知识,而这些知识由于是在忽视经验、忽视情感、忽视人的直觉与悟性、忽视人的独立自主精神的情景中产生的,它们在被我们吸取并被看作是我们认识世界的唯一凭仗时,我们这些知识的机器与奴隶,对世界的解释,十有八九是停止在物象表面或与事实相悖的。

正是因为这种种原因,我们才提出重读大师、重读经典。这些主张的背后隐藏着一句潜台词:我们不相信从前的阅读。

一些新的阅读观念产生了——

首先,我们要将那些小说之王放置到人的位置上。他们可以是王,却不可以是神。他们可以安坐人间的王座,却不可以矗立于天庭。王也是人。他们与我们并无本质之区别。他们固然是一些特殊材料构成,固然天资超人,但从根本上讲,他们还是我们中间的一员。并且我们还应当看到,别看他们在小说写作方面是一些天才的家伙,但在其他许多方面他们甚至还不如我们这些芸芸众生。他们同样是血肉之躯,同样有七情六欲,同样的善良,也同样的丑恶。那些被我们崇拜的小说之王,其实,有着许多人性方面的毛病——这些毛病的严重程度,甚至远远超出我们的想象。当然,他们也有许多我们所不敌的让我们崇敬的地方。他们思想深邃,他们悲天悯人,他们情调高雅,但所有这一切都不足以使他们从滚滚红尘中脱出而飘然成神。当我们如此看待他们时,我们才会回到这样的认识——这个认识是我们理解他们作品的前提:这些作品出自人间,其中所言,只是人间之事、之情、之理,并无神秘,并无我们的知性所不能到达的地方,我们完全可以进入其中,与其中人物同喜同乐、同忧同悲。这世界上没有一本小说是天书,若是天书,我们这些地上之人又何必问津？某些权威们为了使自己永远把握解释大权借以谋生,总是故作深奥、云遮雾罩地将这些文本虚幻为晦涩而神秘的天书。对那些权威的阐释,我们尽可以置之不理。唯有这样,我们才有可能进入小说之王的平凡世界,也才会有阅读的快意——快意实出平凡。

其次,我们得明白一点：仅凭知识,我们是无法进入小说之王的世界的,我们还必须使用我们的经验、感情、直觉与悟性。小说本就是书写经验、书写感情的,读小说却不将经验与情感带入,岂不是咄咄之怪事？然而这怪事就是发生了：知识将经验挤了出去,将感情也放逐于荒郊野外。我们在面对一部小说时,竟然只是用知识去一一衡量、解读。现成的经验本可以使我们很容易就对那里头的事情有所理解,但就是不肯动用这些经验,而宁愿苦苦地搬用知识去加以生硬的比附与解析,小说成了数学、化学和物理。最糟糕的是在这忙不迭地使用知识的过程中,我们竟然不再感动。面对本就是做感情文章的小说,我们居然无动于衷、冷若冰霜,如此,我们还有指望走进小说吗？我们又过于相信了理性的力量,而忘记了直觉与悟性的力量——直觉与悟性在有些时候是具有理性所不具备的神奇力量的。就在那一瞬间,直觉与悟性突发亮光,将黑暗照得亮如白昼,此时,一个丰富的世界犹如金碧辉煌的天堂呈示在我们眼前。这种阅读的惊讶,竟在我们学富五车、满腹经纶时不再光顾我们,实在是遗憾。

再其次,我们懂得了"先做一个阅读者,再做一个解读者"的意义。面对一部小说,一开始就摆开一副解读的专业架势,是不恰当的。阅读是一种朴素的行为,正是这一朴素的行为,倒有可能使我们真切地理解小说。如果一开始就直接进入解读者的角色,这不仅会使我们失去阅读时才会有的乐趣,而且会将一部生动的具有生命光彩的小说变成一种类似于僵硬物质的东西。我一直以为,作为一个普通读者,似乎是没有必要摆出一副解读的架势来的——那个架势是专业人员的架势。我常常想,相对于一个普通的阅读者而言,那些专业人员倒可能是悲哀的。出于技术主义与若干种教条,他们在对一部作品进行解读时,身心是不投入的,该乐时不乐,该悲时不悲,拘住他们心灵的是一些可能与作品的神髓毫不相干的东西。雕虫小技,在他们这里反而显得十分的重要。由他们的解读而得出的一切结论,也许对我们这些普通的阅读者并无意义,而只符合他们的专业目的。当然,我们在做好一个阅读者之后,想做一做解读者,来领略一下一个专业人员做学问时的那种妙不可言的陶陶然,也未尝不可。

二〇〇三年五月一日于北京大学

无边的绘本

我曾在我的笔记本上随手写下过一篇杂记,是关于图画书的,或者说是关于绘本的——说不清楚为什么我更喜欢说"绘本"这个名称。杂记的题目是:无边的绘本。

何为绘本?我在济南会议上曾做过一个发言,表达了我的见解。这个见解现在要做适当调整。因为,根据我后来对绘本的更广泛更深入的接触,越来越感觉到绘本的难以界定和定义。

我隐隐约约地觉得,我们关于绘本的各种说法,大多都具有独断的意味。我们往往把一种绘本的特征,衍生为全部绘本的特征,或者说,把绘本的某一路数扩大为全部绘本的路数,并将这种路数法律化、本质化——凡绘本就必须是这一路数,凡不是这一路数的,就一定不是绘本。

以下,我就绘本的作者组成方式、文图配合方式等几个方面谈谈我的看法,这些看法也许很个人化——

绘本作者组成方式

与儿童文学艺术的其他门类相比,绘本的作者确实有它特别之处,这就是有相当数量的绘本,文图创作为同一人。对这样一种方式,我们尽可以去谈论它的种种好处,却不能因此就断定,这便是绘本的最佳作者组成方式,更不可以将这种组成方式描绘成是一种方向,以为只有在这个方向上才有可能制作出优秀的绘本。

实际上,绘本作者的组成方式是有多种的,并且也都是合理的。

就目前中国的实际情况来看,我的判断是——关于这一判断,我曾与刘海栖先生交换过看法,他完全赞同,这就是:在未来相当长的时期内,中国的原创绘本常常会由画家和作家共同去完成。作者既是构思精巧美妙的故事的优秀作家,同时又是一流的画家,大概只能作为特例出现,很难成为普遍的组成方式。

但,我并不认为这是中国不能出现一流绘本的症结所在。症结不在有无这种组成方式,而在我们没有漂亮的绘本故事。

我们有画家——画家的资源其实是丰富的,可以进行无限量的挖掘。

而故事——有足够多的资源吗?我并不十分乐观。

画并非是至高无上的

绘本绘本,图画书图画书——顾名思义,图画是本。我们确实看到了那些极其讲究、费工费时的画(如《铁丝网上的小花》)。那些绘本使你在翻阅时常有不光明的想法:撕下来,一张一张地撕下来,然后用精致小画框将它们镶起来挂到墙上。不少绘本,确实是因为画成就了它们。我就曾说过:好的绘本,每一页都应当是可以独立存在的艺术品,可以一幅一幅地拍卖、出售。

这些绘本中的画,一、表现了精湛的绘画艺术;二、有不少具有机关设定,可供探究和解读;三、单在工时耗费这一点上就足以令人感叹不已。

但,这些绘本的存在并不意味着:凡绘本,它们的画就一定是至高无上的,就是唯一的。

事实上,不少被我们口口相传的所谓经典绘本,就画而言,并没有大不了的功夫,只不过是一般的画而已,甚至是很一般的画。大部分画者都不是这些国家的一流画家,而只是一些普通的插画家。简单的线条勾勒,大红大绿的颜色平涂,既无独到的画面,亦无功底的显示,是一个美术学院的学生就能画出的。能画出这些绘本的画家,在中国大陆大概可以搜罗出一个加强营来。绘本的画,比的并不是画功,而是创意。

我看到的情况是:一个精彩绝伦的故事,加上水平一般但有创意的绘画,使这些绘本成了优秀的绘本。

从我个人的欣赏取向而言,我当然更欣赏那种每一幅画都可以作为独立艺术品欣赏的绘本。

画与文可以平行前行

我们倾向于这样的说法:好的绘本,是画与文共同完成一个故事——画承担文字未完成的,文字承担画未完成的,它们合在一起,就是一个完整的叙述。这些绘本,画与文是不能分离的,分离之后,画成了令人费解的画,而文更成了令人费解的文——绘本的文,是空缺性的修辞,因为那一部分修辞是由画去完成的。

我们把这一点,看成是绘本的属性。

而我以为,这一点,固然可以作为绘本的某一种很重要的品性去强调,却不可以作为一个全称判断。如果这样做,就是作茧自缚、庸人自扰。

事实上,不少绘本并没有执行这一原则——那些将原先并非是为绘本准备的精湛的文字转化成为绘本故事的文本,如何执行这一原则?

这些文本的作者有的甚至早已不在人世,那时,他们在写作这些文本时,仅仅是将文本作为一个文字文本而苦心经营的,从未想过以后它们将成为绘本的文本。但,就是这些文本,依然使我们获得了许多优美的绘本。

可以有这样的绘本:画便是画,文便是文。它们的配合,主要是画对文的配合。这种画,可以是解释性的、展示性的——对文字所叙述的意象的解释和展示。

文字是可以脱离画而独立存在的。当它与画相结合时，从而变得更加生动——并且由于它自身的优美，从而使阅读者，对画有了更深切而美好的感受。

名词范型与形容词范型

绘本可以有名词范型的绘本，也可以有形容词范型的绘本。

有这样一种绘本：文字世界也花枝招展。

随便举一个例子：

"太阳升起来了。"这是在陈述一个事实。但，我们不必因为画面上画出了"太阳升起来了"这个情景，就一定要省略"太阳升起来了"这一陈述句。而且，也不要因为那太阳在画面上显出的是金色，就不必要再使用"金色"这个形容词了，为什么不可说"金色的太阳升起来了"——甚至说"金色的太阳冉冉升起来了"呢？

孩子们看绘本，或者说，一个母亲给孩子读绘本，我以为，完全可以有这样一种方式：它可以是被看的，也可以是被说的，还可以是被朗读的——让绘本的文本成为朗读的文本，这也许不是必须的，但让绘本的文字也成为很有讲究很有味道的文字，未尝不可吧？

让孩子在读、听绘本时，同时学习语言、提升语言能力大概是可以的吧？

"金色的太阳"——给他一个"金色"的词，并让他对画面产生联想,大概不是太对立的事吧?

画文兼得,可能也是不错的选择。为什么要把绘本解释到让人以为只剩下画了呢?

至于"文字要给图画留出空间"这一说法,我以为是一个语焉不详的话题。是什么意思呢?我一个空灵的、独立的文字文本就堵塞了你画家的思维空间,使你再也没有发挥的余地了吗?

我的毕竟是文字,而不是图画!我说"太阳升起来了",你可以画各种各样的太阳、各种各样的升起方式呀!你可以用你的画创造性地诠释我的文字呀!你尽可去自由地构图,构成一个图画的独特世界呀!

我们现在所说的文字、图画共同叙述,倒是把图画降为文字的补充、补缺、补白了——所谓留有空间,我以为不应是补充、补缺、补白意义上的。

字多字少只是相对的

绘本文字较少,这是肯定的。但这并不意味着文字越少就越接近绘本本质。

且不说绘本只是一个大概念,它或是给小娃娃看的,或是给大娃娃、儿童以至不分年龄所有人皆可看的,文字多少,并无定数。本人在二〇〇八年写了一些故事,总是担心字数多了——因为在我的印象中,绘本文字好像极少——少到只是一个句子的切割,甚至少到无字——字少,是绘本必须的。

当然是必须的,但究竟必须少到多少呢?

心里担忧着,唯恐单是在字数上就不是绘本故事,所以写之前,买了大量的绘本,然后逐字计算,直到计算出我的那些故事的字数并未超过一些经典绘本为止,才总算放心。

其实,只要是故事(我说的是真正的绘本故事)需要,字多字少,并无限定。

我以上一通话,只是对将绘本神圣化和神秘化的担忧而已。我希望我们不要一开始就为自己画地为牢。

究竟何为绘本?

我以为在理解上宜宽不宜窄,所以我才提出"无边的绘本"这一概念。

既然绘本本来就是我们人类自己创造的——世界上本来并没有绘本这玩意儿,那么,绘本的规律、规则也可以由我们自己来定。

许多年前,我曾以橄榄球为例,讲述一个道理:世界上,本来没有橄榄球,不知是在哪一天,被一个或几个奇思怪想的人发明了。如果不是这个或者这几个家伙,人类大概至今也没有一个叫橄榄球的玩意儿。橄榄球并不是必然会产生的——人类如果没有橄榄球就活不下去。中国人就不玩橄榄球——中国人依然活得不错——假如活得不好,那也肯定与我们没有橄榄球无关。

橄榄球的规则,同样也是由我们自己确定的。

橄榄球出现了,但橄榄球本身并没有向我们说:你们应该如此如此将我玩耍! 如果这个规则是必然的,那么这世界上又为什么有那么多橄榄球的玩法呢? 有美式橄榄球,有英式橄榄球,还有澳大利亚式橄榄球。

绘本与橄榄球同理。

需要注意的只是:绘本如何与欣赏者的认知能力相一致,如何吸引他们、又如何提升他们。

艺术、艺术品,才是一切。

好画、好故事。意味深长,富有诗性,留下很多巧妙的机关。可以口口相传、代代相传,可以超越民族、超越文化、超越语言、超越时代……若能如此,我们还在乎什么呢?

当我们每个人都有了自己心中的绘本时,中国就有了绘本。

记得在台北应张杏茹女士邀请去信谊为她的员工做讲座,我一边讲我的那些绘本,一边深深地不自信,因此,差不多每讲述一个故事后,我都不放心地问她:是绘本吗? 她点点头:是,是绘本。

现在我们大家都要学会这句话:

是,是绘本!

知无涯，书为马

　　人们已经越来越习惯于电视、图片、卡通。报纸整整一个版面，几乎桌面大小，可能就是涂抹几朵云彩或是几朵浪花。那些纸质高级的图画书，呱呱响，白花花的一片，可能只有几点雨滴或是一两片落叶。一个豪华的图画世界，正在向我们步步逼近——它使已经习惯了读文字、读铅字尽可能占满纸张空间的一代人，时常觉得今日太奢侈，太铺张无度。然而，越来越多的人还是爱上了这个到处飘满了图画的世界。他们觉得一目了然的画面实在令人愉悦，信息的直接传达，用不着再去动什么脑筋，真是轻松。

　　人们与文字在日甚一日地疏离。而在这滚滚的人流之中，孩子与文字的疏离更是日甚一日。

　　这个潮流是无法阻挡的。

　　但，我要说：别一味沉湎于图画世界，文字世界也自有它的妙处；文字世界曾经给予人类种种好处，它的特定功能是图画世界绝对无法取代的;如果有朝一日我们真的脱离了文字世界,我们就将进入一种十分糟糕的状态;文字曾经帮助人类进行深刻的思索从而生发了无数伟大的思想,文字曾创造了文学的殿堂——在这个殿堂之中我们接受了无穷的美学财富,文字本身就是我们观察与说明这个世界的一种特别的方式——这个方式使我们十分有效地接近了这个世界,面对文字时,它还去除了我们的浮躁,培养了我们一种宁静、高雅的气质……

我们没有理由不亲近文字,没有理由不提醒世人:与文字的疏离,绝非幸事。

现在,呈现在你面前的这些文字,是一个喜欢文字的人,在多年的阅读过程中受其惠泽、并深深留存于记忆中的一些文字。

并非所有的文字都是值得留恋的。一个读书的人,当他活到四十多岁时,他已经读过很多书了。然而,在这些很多的书里边,使他喜欢不已、从中获益匪浅、难以忘却的书其实并不多。大多数文字,只不过是过眼烟云而已。

为了使阅读成为高质量的阅读,人们就互相打听:你最近读到了一些什么好书,请推荐推荐。人们就互相请求:给我开个书单吧。人们希望不要将时间与生命浪费在那些不值得一读的阅读上,希望在有限的阅读中,尽可能大地获取。

此时,阅读经验就成了一笔财富。

我不敢说我有多么丰富的阅读经验,但毕竟有了几十年的阅读经历。就整体而言,我的阅读是不幸的。因为,在相当长的一段时间内,由于这个国家在政治上的荒唐,使我们这一代人不能够自由地去选择书籍,我们只能在一个单一的系统中去阅读思想、思路乃至文风清一色的书籍。那时的图书馆,其中的藏书十有八九是禁书,它们沉睡数年,是不能够被我们惊动的,而那时的出版是被高度管制的,它们只能出版大同小异的书籍,而且那些书的内容是极端的、偏颇的、狭隘的、僵直的,形式是单调的、无趣的、一成不变的。我进入一个相对理想的阅读阶段,已是在上世纪七十年代末了。我突然发现,天下原来有这么多的、又这么不同的书。我有一种眼花缭乱的感觉,有一种不胜负荷的压力——书实在太多了,而越是读下去就越觉得自己读得太少了。既有阅读的惊喜,也有阅读的苦闷与压抑。

就这样,我从七十年代末一路读下来——我是个喜爱读书的人,这一点没有疑问。

二十多年的时间里,我究竟读过多少书,已记不得了,只觉得自己是在书山里兴奋而又绝望并伴随着狂喜地挣扎着。

很可惜,在这二十多年的时间里,我的阅读很少能得到高人的指点,我也很少能见到一份像样的书单。我只能靠自己在阅读的苦旅中摸索、寻觅。我渐渐地喜欢上一个字眼儿:淘书。并且,我越来越深切地体会到了淘书的艰辛与乐趣。当终于"淘"到一篇好看的文字、一部好看的书时,常常会手之舞之、足之蹈之,请人吃饭的心思都有。

时间一长,自己多少培养出了一些感应好书好文字的能力来。这就像一个长年累月在荒野上探矿的人,风吹日晒,踏破铁鞋,竟也有了一种对矿脉的直觉:无理由地就觉得哪儿有矿、有什么质量的矿。全凭感觉。比起从前来,现在看书已知道往哪个方向去——哪个方向可能隐埋着好书。走到书店里,一见满坑满谷的书,就不再有择书的迷茫,每每抱回一堆来,虽然其中偶有糟货,但比起从前来,显得有眼力多了。

显示在这里的文字,只是我淘得的一部分,而又仅为短篇,且只限于文学——其实,有好多值得读的文字是在文学之外。

读书若一点儿不带功利之心,这不可能,也无必要。读书——尤其是初时的读书,往往都有一些实际的目的:为了写好作文,为了显示自己的教养,为了出类拔萃,甚至是为了写好一封动人的情书。

但功利之心不可太深、太切。越是往后,就越应淡化功利之心,莫让它一路纠缠着你的阅读,甚至要靠它来鞭策你的阅读,成了你阅读的动力。

不要将阅读简单定义为是一个求知的过程——阅读与好学无关。

阅读是一种爱好,一种发自内心的兴趣,一日不见文字,就茶饭不思、坐卧不安——到了这种境界,书才能读好,也才能体会到阅读之美、之幸福无边。

功利目的太明确,读起书来就紧张,并会走到一条狭窄的直线上,目力所及,只有那与功利目的相关的东西显示于视野,其余则隐遁在茫茫的文字背后而永远不能入你眼帘。一篇好文字,其用意必然是丰富的。若你先确定下一个题目来,就只能在广阔的田野上收获细长的一垄,这实在可惜。越是面对好的文字,就越要收住你的功利之心。

放松下来,书山自然开道,你一路风光读下去,前景美不胜收。

你读下去,没完没了地读下去,读的又大多是一些好文字,你没法不强大,没法不进入佳境。

读就是一切。"读"这行为本身——不说读的内容,就能使你得到品格上、气质上的修炼。天下最美的气质,莫过于书卷气。

二〇〇一年六月二十八日于北京大学蓝旗营

朗读的意义①

　　关于阅读的意义,我们已经有了丰富多彩的阐述:阅读是一种人生方式;阅读是对人的经验的壮大;阅读还有助于创造经验;阅读养性;阅读的力量神奇到能改变一个人的外形;在没有宗教情怀的世界里,阅读甚至可以作为一种优美而神圣的宗教……

　　可在今天这个有着无穷无尽的诱惑的世界里,人们对阅读却越来越疏离了,甚至连中小学生们都对阅读越来越不感兴趣了。这个情况当然是很糟糕的,甚至是很悲哀的。

　　无数的人问我:"究竟有什么办法让孩子喜欢阅读?"

　　我答道:"朗读——通过朗读,将他们从声音世界渡到文字世界。"

　　难道还有更好的方法吗? 一个孩子不愿意阅读,你对他讲阅读的意义,有用吗? 就怕是你说到天上去,他大概还是不肯阅读

---

　　①　本文为北京大学出版社"曹文轩美文朗读"丛书的自序。

的。可是我们现在来做一个设想：一个具有出色朗读能力的语文老师或者是学校请来的一个著名演员，在他们班上声情并茂地朗读了一部小说里的片段，那是一个优美的、感人的、智慧的、扣人心弦的精彩片段，那个孩子在不知不觉之中被深深吸引了。朗读结束之后，他就一直惦记着那部小说，甚至急切地想看到那部小说。后来他终于看到了它，而一旦他进入了文字世界之后，就再也不想放弃了。于是，我们就可以有充足的理由对这个孩子的阅读乃至成长抱有希望。

朗读在发达国家是一种日常行为。

二〇〇六年九月，我应德国邀请，参加了第六届柏林国际文学节。在柏林的几天时间里，我参加最多的就是各种各样的朗读会。他们将我的长篇小说《草房子》以及我的一些短篇小说翻译成德文，然后请他们国家的一流演员去学校、去社区图书馆朗读，参加者有学生，也有成年人——不同阶层、不同年龄的成年人。在我的感觉里，朗读对他们而言，是日常生活中一件经常的、却是非常重要的事情。四五人、五六人、十几人、上百人坐下来，然后听一个或几个人朗读一篇（部）经典的作品，或一段，或全文。

有部德国长篇小说《朗读者》，前几年由译林出版社出版，是我写的序。这部小说出版后，一直比较畅销。关于小说所写的非常态的爱情、人性的背叛和挣扎、战争的阴影和创伤，以及小说的其他精妙之处，这里我们不去讨论。我们现在来注意一个情节，一个贯穿小说始终的、令人无法忘怀的情节，这便是——朗读。中年女子汉娜总是让少年米夏为她朗读那些优美的篇章。在朗读中，汉娜的灵魂受到了洗礼。汉娜是一个文盲，而文盲在德国是一件羞耻的事情。当米夏的朗读把她带到了一个非凡世界后,从此,她便再也离不开朗读了。对于汉娜让米夏朗读的原因,我们并不在意,我们在意的是朗读本身所带来的意境。这是一个充满诗情画意的行为,这个行为贯穿了整部小说,它使我们感到了高尚,并且为这种高尚而感动。当汉娜选择自杀时,我们似乎听到了那不绝于耳的声情并茂的朗读。那是世界上最美的声音,是千古绝唱。此时,究竟谁是朗读者已经无所谓了。我们在感动中得到了升华——情感的升华和精神、人性的升华。

通过这本书,我们还能感受到,朗读在德国这样的发达国家,是一种日常的、同时也是一种非常优雅的行为。

"'语文'学科,早先叫'国文',后改为'国语',一九四九年后改称'语文',从字面上看,'语'的地位似乎提高了,实际上,'重文轻语'是中国语文教学中的一大弊病。"(刘卓)"语文语文","文"是第一的,"语"是次要的,甚至是无足轻重的。重"文"轻"语",这是中国的文化传统。中国在很多时候,把"文"看得十分重要,而把"语"给忽略掉了,甚至是贬低"语"的。"巧言令色",能说会道,是坏事。是君子,便应"讷于言而敏于行"。"讷"——"木讷"的"讷",便是指一个人语言迟钝,乃至沉默寡言,而这是美德,是仁者之行。如此传统下,我们看到了一个事实:在中国,能言的人,是当不了大官的。中国的大官,往往千人一面,千部一腔。他们的言说,太败坏汉语了——汉语本来是一种极其丰富的语言,并且说起来抑扬顿挫,很有音乐感。二〇〇八年,美国总统竞选,很让我着迷,着迷的就是奥巴马的演讲。他的演讲很神气,很精彩,很迷人,很有诗意。从某种意义上讲,美国总统竞选,就是比一比谁更能说——更能"语"。我听奥巴马的讲演,就觉得他是在朗读优美的篇章。

"水深流去慢,贵人话语迟"。这便是中国人数百年、数千年所欣羡的境界。当然中国也有极端的历史时期是讲究说的。说客——说客时代。那番滔滔雄辩、口若悬河,真是让人对语言的能力感到惊讶。但日常生活中,中国人还是不喜欢能说的人。"讷",竟然成了最高的境界,这实在让人感到可疑。

说到朗读上来——不朗读——不"语",我们对"文"也就难以有最深切的理解。

我去各地中小学举办讲座,总要事先告知学校的校长、老师,让他们通知听讲座的孩子带上本子和笔。我要送给孩子们几句话。每送一句,我都要求他们记在本子上。接下来,就是请求他们大声朗读我送给他们的每一句话。我对他们说:"孩子们,有些话,我们是需要念出来甚至是需要喊出来的,而且要很多人在一起念出来、喊出来。这是一种仪式,这种仪式对我们的成长是有用的。"

当我们朗读时,特别是当我们许多人在一起朗读时,我们自然就有了一种仪式感。

而人类是不能没有仪式感的。

仪式感纯洁和圣化了我们的心灵,使我们在那些玩世不恭、只知游戏的轻浮与浅薄的时代,有了一份严肃、一份崇高。

于是,人类社会有了品质。

这是口语化的时代,而这口语的品质又相当低下。恶俗的口语,已成为时尚,这大概不是一件好事。

优质的民族语言，当然包括口语。

口语的优质，是与书面语的悄然进入密切相关的。而这其中，朗读是将书面语的因素转入口语，从而使口语的品质得以提高的很重要的一环。

朗读着，朗读着，优美的书面语在不知不觉中变成了口语，从而提升了口语的质量。

朗读是体会民族语言之优美的重要途径。

汉语的音乐性、汉语的特有声调，所有这一切，都使得汉语成为一种在声音上优美绝伦的语言。朗读既可以帮助学生们加深对文本的理解，同时也可以帮助他们感受我们民族语言的声音之美，从而培养他们对母语的亲近感。

朗读还有一大好处，那就是它可以帮助我们淘汰那些损伤精神和心智的末流作品。

谁都知道，能被朗读的文本，一定是美文，是抒情的或智慧的文字，不然是无法朗读的。通过朗读，我们很容易地就把那些末流的作品或是垃圾杜绝在大门之外。

我之所以愿意从我全部的文字中筛选出一些适合朗读的文字，都是一个用意——

以这些也许微不足道的文字，去迎接一个朗读时代的到来。

二〇〇九年五月八日于北京大学蓝旗营

书 香 人 家①

　　大概自有人类历史以来,处于任何一个时段上的两代人,都不是很和谐的。一代人生下了一代人,本想使下一代人成为自己的扩大与延伸的,但事实上,当下一代人一旦有了经验,有了思想,有了独立辨析的能力时,则开始逆反、背离甚至是对抗。这令人困惑、不可思议甚至令人恼怒与绝望的下一代人,总不肯安于上一代人温暖的羽翼之下,总不肯顺从上一代人的心思去言语和行动。对立程度会因为一个家庭双方的理解能力、教养状况的不同而不同,但对立程度却几乎是绝对的。理智的双方希望用对话来消除横亘在他们中间的无形的、不知名的隔阂,但许多时候,双方都发现,他们只是在独语,谁都没有能够做到尽可能地聆听对方言语的表层意思以及深层含义,悉心揣摩对方的真正心思,而只顾各说各的,看似对话,其实还是没有对象的独语。

---

① 本文为人民文学出版社"两代人"丛书序言,收入时有删减。

于是,双方都觉得委屈、寂寞与孤独,甚至各自感到悲伤——悲伤到流泪。

　　回头看看历史,看看周围的世界,两代人的"不和"以及如何调和以至和谐,是随一个时代、一个国家的文明程度不同而会有不同的态度与处理方式的。专制时代,永远是上一代人的时代——上一代人根本就不会有对话意识,有的只是独语——绝对的独语,并且认定,这份独语是天下唯一的言说,作为他的"骨血",下一代人只有聆听与服从。最让上一代可心的是下一代人能够对他的独语发出柔和而充满敬意的和声。这样的时代终于在许多民族与国家那里被唾弃了,社会在强化一个道理:下一代人必然要走出上一代人的影子,而且这肯定是合乎社会发展逻辑的。"一代不如一代"的想法一点儿一点儿地被打压了下去,社会在尽可能地提醒和规劝人们应当充分理解下一代人。这种氛围既久,下一代人倒经常以各种言辞被赞颂了:你们好像八九点钟的太阳……

　　专制时代的态度,肯定不可取,然而,文明时代的上一代人没完没了的自责、忏悔,似乎也存有一个度的问题。其实,两代人的"不和",无非是因为世界的变化使价值观发生了变化,而价值观虽然总的来说是进化的,但在许多情况之下,双方所执的,也都是合理的。为了求得一个和谐,一个圆满,上一代人唯恐自己不够理解,生怕自己是落伍的,一味地反思自己,一味地去迁就下一代人,大概也未必是妥当的。现代学说强调两代人应是互为教育,这一点作为原则是贴切的。但上一代人所承担的教育下一代人的义务,可能还是要应该多一些。从一般意义上说,上一代人是教育者,下一代人是被教育者,大概也还是说得通的。

比如，一个孩子，若按人的天性，是不会勤劳的——人的天性是懒惰的，而此时，父母就必须要教导他，并告诉他一些诸如"勤劳是美德""奋斗才有生命的快意"之类的道理。平等，只应从人权意义上讲。

这些年来，我们似乎将两代人的"不和"渲染得太重了一些。其实也没有什么大不了的事情。在经过一段时间的独语之后，总会有一次让双方感到温馨、欣慰甚至激动的对话——几乎分不出彼此的对话，不是双方的退让，而是各自找到了共同的话语。其情形犹如乌云压城，随着一阵风暴，将会有倾盆大雨，大雨过后，会有一片万里无云、朗日高照的天穹。此时，不是各自身份的淡化——淡化到仅仅成为朋友，而是恰恰相反，父亲就是父亲，儿子就是儿子，两者都是正常社会的合理角色，都有一个守着自己本分的责任。

紧张之后的松弛，反而刺激了一个家庭的和谐——终于达到圆满状态的和谐。

父辈的亲切与威严，子辈的淘气、谦恭与懂事，所有这一切，使一个家庭保持了一种有质量的和谐。

我们在谈论代际问题时，往往还忽略了很重要的一点：尽管双方在思想观念、价值观念乃至行为方式上处于对立——有时甚至对立到刀光剑影的地步，但却抹不去一份人伦亲情。有人伦亲情在那里牢不可破地作为根基，那份和谐终于还是成为永恒。一种让人感动的两代之情——淡淡的，却是深深的，伤感的，是让人欣慰的与日月同在的一份亲情。因这份亲情，似乎永久的冷漠会在顷刻随风而逝。双方会忘记了一切不愉快的记忆，剩下的只有一番心的感动与眼的潮湿。而更多的情况是,因这份亲情,使得思想再对立的双方,也能始终保持"一团和气":双方都以一番嬉笑的心态去看对方的言行,与自己格格不入的东西,反而成了家庭幽默的滚滚不息的资源,双方的不分长幼的善意调侃,使家庭总有一番放肆的或故意绷着脸的快意。

真正的,上一代的精神成了下一代的财富;真正的,下一代的精神,使上一代的精神保持住了鲜活。

两代人组成了历史。历史呈绵延状态,今天含有昨天,也含有明天。一代一代,就以这样的状态,繁衍下去。社会也随之一步一步地走向文明。他们之间的界限,其实是模糊的,是牛奶刚倒进咖啡杯时的那种模糊,各是自己,但边缘正在融和。也许,那样一种状态,是世界上最美妙的状态。

两代人全都在书香人家,这样的家庭在中国只是少数。在这些家庭里,有一种特殊的文化氛围与一种特殊的生活情调。在这里,两代人的相处,是讲究格调与韵味的。如此家庭,对话是较容易发生的,尽管各自都有内心的独语。在这里,语言交流几乎成为必须,也成为自然。语言的快感,是双方都需要的。在不知不觉中,他们已经掌握了一种美好的、双方都乐于接受的交流方式。他们用的是另样的语言,使用这些语言时,是用的另样的心情,这种心情出于另样的心境。父母喜欢文字,儿女似乎也会喜欢文字——用文字去组织一个世界,用文字去外化内心的一切。

对于绝大多数家庭而言,这样的家庭是陌生的——而陌生就会有一种魅力。

任何家庭的两代人对话,那种朴质的、具有张力的甚至粗粝的对话,那种要么热得如火要么冷得如冰的相处,那种千年不语只在内心涌动的父子情感,那种原生的没有被文化浸染与雅化的生存景观,也许都自有一番价值与味道。

二〇〇〇年十二月十七日于北京大学燕北园

写童书养精神[1]

1

非常感谢台湾朋友对我的作品所给予的理解。令我出乎意料的,我的一切思想上的或美学上的追求,差不多都被你们意识到了。我通过录音磁带仔细听取了你们在我的作品讨论会上的发言。你们的分析,你们的判断,使我有一种在茫茫人海中忽遇知己的温暖和快感。

我是大陆人。一九九三年十月,我应东京大学之邀,去那里讲学。我是从东京来到这里的。这次台湾之行,是我盼望已久的。

关于少年小说的创作我不太清楚台湾的情况,大陆的情况是:在相当长的一段时间里,没有专门为少年写的小说。儿童文学作

---

[1] 本文为作者一九九五年四月在台湾访问期间的演讲。

家，几乎都是为低年级或中年级的孩子写作的。这些作品，根本不能满足少年（初中生、高中生）的阅读欲望。他们是被文学遗忘，或者干脆说，是被文学抛弃的。中学生——这是一个空白的地带。回想起来，我读中学时所看的书，都是成人的——与成人抢书看。

二十世纪七十年代末，八十年代初，一批年轻的作者加入了儿童文学创作这支队伍。他们一开始就发现了这块空白，就像投资者一样，把资本投到了这块地方。我是其中的一个投资者。如今，这块地方，大概是大陆儿童文学最发达的地方。

我的小说被人称之为"少年小说"。但我并不赞成有人对少年小说的特性加以特别的强调。在大陆曾发生过有人将"少年小说"与"低幼文学"混为一谈，从而对"儿童文学"这个概念发生严重分歧的情况。他们把"低幼文学"应该坚持的特性拿来要求少年小说，由于把"低幼文学"等同于"儿童文学"，把儿童文学的定义放在只有低幼文学这唯一的基点上，这样使得少年小说有点儿不属于儿童文学了。对于这样一种局面，一批从事少年小说写作的人并没有改变自己。他们一边向人们指出将低幼文学与儿童文学看作同一个概念的混乱思维，一边依旧走他们自己的路。少年小说被广大少年接受的事实，"低幼文学"与"少年小说"逐步得到划分的状况，使那些人已经无话可说了。

我个人的看法是：对低幼文学，要格外地强调它的特性。对幼儿、对低年级和中年级的孩子玩弄深刻，或者在语言上耍些把戏，是可笑的。我很同意林良先生用"浅语"写作的说法。"浅语"这两个字，可看成是低幼文学最本质的特性。用浅语呈现深刻的精神，是很难的。总而言之，为低年级、中年级的孩子写作，应该尽可能地考虑到他们的接受能力和特定的接受心理。但是,对少年小说,我们倒不必过多地强调它的特性。因为道理很简单:它的读者(特别是其中的高中生,与成年人的界限已越来越模糊)。少年时期,又有对抗叛逆的心理机制,他们不愿被人认为他们是简单的,不愿被人认为他们是孩子。另外,在这样一个高度信息化的时代,他们的实际接受能力,也比从前的少年大大地提高了。这时,你再对他们作牙牙学语的样子,作一副小儿腔,尽说些小猫、小狗、小乌鸦之类的故事,同样也是可笑的。他们也是很难接受的。

因为这些原因,实际上,少年小说与一般意义上的小说的界限已经很模糊了。但它确实又有一些只有它才会注意到的东西。比如:不能像有些成人文学那样采取自然主义的写法,把一些不太适宜向少年展示的社会或生理的景观向他们作不加删减、不加修饰的展示。再比如,不能像有些成人文学那样不遗余力地去描写肮脏丑陋的东西。法国存在主义作家萨特,写鼻涕,写苍蝇,写了许多软乎乎、黏乎乎、滑乎乎的使人恶心的东西。他的小说《恶心》中,有一个叫洛根丁的男人,有一个极其不良的习惯,喜欢将地面上一些肮脏的纸掀起来看,有时甚至送到鼻子底下闻一闻,而那些纸都是擦拭过的肮脏的纸。大陆有个女作家叫残雪,差不多写尽了世界上让人恶心的景观:黄泥街阴沟里飘动着的腐烂老鼠,玻璃窗上的密密麻麻的苍蝇屎、墨绿色的小脸、到处爬满了的细小的虫子,那些人口里总是喷出浓烈的大蒜的臭味。她总能写出一些肮脏的环境、恶的人性以及各种各样的丑陋的意象。萨特写那些恶心的东西,是因为他认为,我们所存在的这个世界是应该被否定的。但是怎样才能达到否定的效果呢? 就是把“存在”写到恶心的地步。残雪写恶心的东西,也是有种种较为深刻的考虑的。而这一切考虑,无论是萨特的还是残雪的,少年读者都是不能够理解的。你向他们展示那些恶心的东西,而他们不能理解你的动机,仅仅停留在对丑陋意象的感知上,这对他们的身心健康是毫无益处的。这里,我们可以看出,虽然不必过于强调少年小说的特性,但它在内容上还是有所限定的。少年小说没有特别的叙述要素,没有特定的词汇系统,也没有特定的叙述方法。你在成人文学那里可以搞语言实验,可以写"从口袋里掏出一个肥大的笑容"这样一个句子,可以写"一巴掌打在他浑身是肉的身上,发出肥肥的声音"这样一个句子,可以写许多怪模怪样、不合语法常理和修辞常规的句子。但在少年小说这里,就不宜搞这些实验,搞这些先锋性的名堂。意识流、时空倒错、人称的随意转换等手法,都不太适宜在少年小说中使用,我在大陆时说过:在少年小说里,是搞不了什么现代派的。这里,我们又可以看出,少年小说在形式上也是有所限制的。

话还要说回来。尽管我说了这么多的限定性,但是我们仍然不太主张强调它的限定性。因为,我觉得,少年小说与我们通常所说的非实验性,非现代派的小说,并没有太大的不同。我们应该这样来看待少年小说。也只有这样来看待少年小说,我们才有可能写出较好的少年小说。不可作茧自缚,不可低估少年的欣赏能力。我们应当看到,从前的少年,在还没有人专门为他们写小说时,他们也是能够看《红楼梦》的,也是能够读古典诗词的,也是能够欣赏许多世界名著的。在座的老一辈人,你们少年时,有一种叫做"少年小说"的文学作品专供你们欣赏吗? 没有。然而,你们不也很健康地生活着吗？我从你们儒雅的举止与富有修养的文字里，看到了许多我们这一辈人不如你们的地方。

这么一来，大家可能觉得我是在消解少年小说的意义。不是这样的，我把话一会儿说向东，一会儿说向西，把话题进行不停的颠覆，只是出于这样一个动机：我们不要太强调少年小说的特殊性，在稍微意识到它的读者对象之后，应该用更多的心思来思考一般意义上的，作家应该思考的种种关于文学的问题。

说了这一通话，我想诸位已经意识到了，我的少年小说为什么会是这个样子。情况就是这样的，在写作时，我首先想到的是小说是可供少年阅读的。之后，我就很快将他们忘掉了，我一门心思地想把我写的东西做成一个艺术品。

有人说我的小说是少年小说，也是一般意义上的小说，是这样的。我是早想好了，要写成这样的。但是我是绝对以少年喜欢我的小说为傲的。当然，成年人喜欢这些作品，我也沾沾自喜。我的儿子与我的父亲，都读我的小说。

台湾有位朋友打电话到东京对我进行采访，问我以后还写不写儿童文学。我回答说：因为我始终没有太强烈的"儿童文学"的意识，因此，也就不存在我何时丢弃目前的这种写作，而去亲近其他样式的文学的情况。我始终持一个观点，这就是：儿童文学是文学，"儿童文学"四个字，儿童是定语，而中心语是文学。文学的规律是一致的，并没有因为是写给少年儿童的，它的规律便可以是另样的。这么说，并不意味着我在否定"儿童文学"这个样式，而是说，我们不应该把注意力总放在"儿童"上，而忽视"文学"。由于我是平等看待各种文学的，因此，我不会厌倦以青少年为题材的写作,就像我不会厌倦以成人为题材的写作一样。我在东京写了一部长篇小说,它的结构有点儿像《水浒传》,可以分开来,也可合为一体。其中有些文章可拿出来供少年阅读。台湾国际少年村出版社曾出版我的另一本小说集《埋在雪下的小屋》,其中的《马戏团》一篇,就是从这部长篇小说中抽出来的,这也是我最喜欢的一篇。未来,只要我还写文学作品,就不会不写童书。写童书很舒服,因为孩子的天地少了许多成人的污浊。我写童书,自己都能得到净化。写童书养精神。

2

我喜欢浪漫主义。更确切地说,我喜欢浪漫主义情调。我的小说,不能说是浪漫主义的,只能说具有一些浪漫主义情调。我觉得这种情调对少年很合适。少年更倾向于浪漫。他们在还未长成大人时,绝无过于现实的思想。他们的想象总带有点儿诗意,总与天空凝在一起。

浪漫主义与现实主义都喜爱自然,但浪漫主义更喜爱自然,并且是以这种特点为根本特征的。我喜欢写自然,一写到自然,我就不再是我自己,身心充满愉悦。人的感情不能轻易打动我,但自然却常常打动我。我还喜欢浪漫主义描写自然的特有的韵味,丹麦有位博大精深的评论家叫勃兰兑斯。他很形象地区分了浪漫主义与现实主义对自然的不同感受。他说,有一天他陪同一位浪漫主义诗人去德国的一处风景区游览。天气晴朗,万里无云,大自然在灿烂的阳光下,形象极其鲜明可爱。勃兰兑斯很兴奋,指着那些山,指着那片天空,向他的同伴说:"你看!你看!"可那位诗人并不看,脸上毫无神采。这使勃兰兑斯感到失望与尴尬。可是勃兰兑斯说,夕阳西下,黄昏将临时,那位诗人脸上却露出了兴奋的神色;而随着夜色加深,他的眼睛越来越亮,并时常神经质地向勃兰兑斯高呼:"你看!你看!"勃兰兑斯说:"我什么也看不见。"勃兰兑斯太了不得,他一语道破了浪漫主义喜爱自然的到底是什么东西:精灵。浪漫主义喜欢大自然的精灵。

3

与喜欢浪漫主义相关的是,我的作品可能显得有点儿忧郁。我现在分不清楚,是因为我骨子里的那股忧郁的情调使我喜欢浪漫主义,还是因为我喜欢浪漫主义——爱屋及乌——喜欢上那股忧郁的情调。前一种的可能性更大一些。

几乎所有的人都认为,儿童文学是让儿童快乐的一种文学。我一开始就不赞成这种看法。快乐并不是一个人的最佳品质。并且,一味地快乐,会使一个人滑向轻浮与轻飘,失去应有的庄严与深刻。傻乎乎地快乐,不知人生苦难地咧开大嘴来笑,是不可能获得人生质量的。

儿童文学是让儿童产生快感的文学,而不只是让儿童产生快乐的文学。不能把快感与快乐混为一谈。快感包括但不只是快乐。悲剧也能使人产生快感——悲剧的快感。几十年前张爱玲写过一部电影剧本,叫《太太万岁》。其中有个太太,她说她最喜欢看苦戏,并且说,越苦越好。为什么有那么多人要去剧院看一出悲剧呢? 因为悲剧也能使人产生快感。朱光潜先生的《悲剧心理学》这本书里,从理论上详细地论证了悲剧与喜剧异曲同工的审美效应。事实上,我们大家都有这个体会,当我们心情悲哀的时候,我们最需要的是哭泣与流泪。我们常对一个极度悲哀的人说:让他哭吧,哭一哭,心里也许就会好受些。我写过一篇小说,叫《蓝花》,写的是一件较为真实的事情。在我的老家,有一种帮哭的风气。有些人家办丧事,会请一些特别擅长哭的人来帮着一起哭。作品中的那个女的,哭得可以说让人称绝——千古绝哭。我见过她的哭,哭起来大悲大切,地动山摇。有时,那声音仿佛从万丈峰巅跌入万丈深渊,让人觉得她气都绝了。此时,四下一片寂静——死一样的寂静。然后,就听见这声音慢慢飘忽升起,最后飞扬起来,在天空里回荡。她让所有那些心中存在大大小小悲哀的村妇们都勾起辛酸之事,然后随着她的悲恸哭声,而沉浸在温暖、自怜的悲哀之情里。然后,她们会一下子轻松起来,开始更美好的生活。

我没有写那些悲切之事,我只是喜欢写一些微带忧郁的情调,我以为那就更应该得到容许了。我没有使读者心灰意懒,没有使他们感到世界到了末日。

有人说,今天的孩子本来就是很累很苦的,文学应制造欢乐,而不应雪上加霜。这种说法,来自于一种主观印象,并无足够的事实根据。事实上,今天的孩子,倒是过多地沉浸于游戏之中,过多地沉浸于快乐之中了,我们还没有看到现代生活状态中的孩子所有的那些轻浮吗?

4

与浪漫主义相联系的,我喜欢美。我写不了苍蝇,写不了鼻涕,写不了粪便,写不了腐烂的老鼠。我拒绝写这些。即使不写少年小说,我也拒绝写这些东西。因为我认为这些东西不值得书写!我成不了现代主义者,更成不了后现代主义者,我永远只能是个古典主义者。

人类自从有了文学艺术以来,慢慢地形成了概念:文学艺术是寄托美好情思,并且是为人们创造美感的。总而言之,文学艺术是美的。基于这样一个认识,文学艺术有多种流派,但各自的体系,都是围绕"美感"这一中心概念而建立起来的,浪漫主义对其尤为热衷,热衷到了崇拜的程度。它甚至为了保证审美价值而不惜降低甚至牺牲认识价值。它们以美作为对"存在"进行选择的标准。凡不美的东西,均不能进入文学艺术。这就是我们为什么总能在浪漫主义的文学作品中看到画与音乐的原因。这种选择有时过于偏狭,使所谓的美显得有点儿苍白。至于唯美主义,更是到了极端了。现实主义对美的理解远比浪漫主义开阔与丰富,但基本看法并无改变。无论是从前的"进化论"的观点,还是后来的"生活即美"的观点,都可看出这一点。现实主义仍然没有放弃美的尺度。

古代中国,大概一点儿不亚于古希腊对美的讲究与偏爱。大大小小的文人,许多心思都放在对美的感应上,《文心雕龙》一类的文论有许多概念是绕着美这个大轴转的。黄茅白苇,朝烟夕岚,晴雨阴阳……古代作家写尽了自然之美，也写尽了人的相之美、情之美、生活之美。他们笔下很少有恶俗、丑陋的意象。

现代主义思潮波澜壮阔之日，从前的审美原则及以后由这些原则而产生的细致入微的理论却成为一纸空文，甚至再也不被想起。现代主义非但不回避以前的文学艺术极力回避的丑，反而依附于这个背景。

新写实主义作品里，龌龊的环境一次又一次地被写到。呕吐物、充满大蒜臭味的嘴唇……这种种肮脏意象，一次又一次地出现，仿佛人存在的世界，就是由这些东西组成的。这种"情趣"写照不为新写实主义所独有。水上的腐尸、黄泥街之类的这些东西几乎是二十世纪八十年代中期以来文学的一种普遍的情趣。早在新写实主义之前的残雪，就把这些意象运用得淋漓尽致。即便是像写抒情散文那样写《哦，香雪》的铁凝也写出这样的文字："每当他们（卫生监督员）突然盯住盛开在地面的一朵稠而黏的东西（指痰），禁不住就生出难以掩藏的快意……"但这些描绘与新写实主义还是有所区别的。残雪的作品并不以写实为目的，在手法上与现代派美术的变形相近，这些作品已把人们引出现实，走到形而上的层面上去了。至于铁凝那样的文字，只是偶尔为之，在作品中也不占太多的篇幅。而新写实主义所呈现的全部环境，便是这样一个毫无美感的环境，并且所采用的是一种最不见意图的客观写法，把一种令人不可拒绝的真实性写出来了，使人如临其境。

在这样一种环境中生存的人是否还会有我们从前所说的并希冀的美感？那可想而知了。新写实主义写到的这些人，惶惶然，漠漠然，蠢蠢然，郁郁然，灰灰然，阴阴然……永不可能再登大雅之堂了。他们是焦灼不定、处心积虑地想着如何去送一件既便宜又拿得出手的礼物，怎样把水龙头调整到一定的位置上，使其滴水但却不能带动水表……等等之人。

这些作品不说与中国古代文学作品截然不同，即便与中国现代作家的作品相比，也毫无共同之处。当年沈从文写的那个纯净如水、脱尽世俗的翠翠呢？当年废名笔下"一去二三里，烟村四五家，楼台六七座，八九十枝花"的意境呢？鲁迅写《阿Q正传》，写《肥皂》确实写了些小人的丑态，但他绝不把恶心的东西带进文学艺术。若与更近的或同时的一些现实主义作品相比，这些作品也是迥异的。汪曾祺笔下的现实世界完全不是这个样子。《受戒》中的小英子一行印在田埂上的脚印堪称小小的艺术品了："五个小小的趾头，脚掌平平的，脚跟细细的，脚弓部缺了一块。"

新写实主义者会找到这样一个理由：我们写的是平常人的日常生活，平常人的日常生活原本就是一派庸碌。那么翠翠、小英子难道不是日常生活中的平常人吗？问题的关键大概在他们对一份特定生活的观察态度以及判断上。那个躺在产床上听着刀剪声响的女人确实不雅（其实也没有什么不雅），可是，那婴儿甜蜜而动人的微笑呢？忍受痛苦而显示出的人的毅力与顽强的性格之美呢？生命的痛苦与伟大呢？那些温馨的夜晚在心中织就的如梦的希望呢？说到底，还是选择与偏爱的问题。

美也是一种力量。一位深刻的思想家面对一位凶手，也许无论对其进行什么样的说教，都不可能使那个凶手放下屠刀。思想是软弱的。但此时，一个眼睛纯净明亮的孩子，或一个纯情的、天真无邪的少女站到了他的面前，这个凶手也许就会突然感到自己的丑恶。美是神奇的。美具有感化人的力量。我还打过一个比方：一个人轻生，想结束自己的生命，此时，你对他进行说教，甚至对他说，自杀是卑鄙的、自私的、不道德的，也许都不管用。然而此时，让他走到广阔田野上，远望蓝天，看白云缕缕，听天边传来几声牧笛的音乐，他也许就会放弃自杀的念头，觉得活着还是不错的。

我对美是偏爱的。

在这个话题的最后，我再辩解一句：我仅仅是喜欢浪漫主义情调，而并不是一个典型的浪漫主义者。因为，我对现实始终是密切关注的，对现实问题始终有着浓厚的兴趣。

5

最后一个话题是：关于激情。

读过我作品的朋友可能会有这种感觉，我的作品缺少激烈的动作，缺少激荡起伏的情节，甚至是淡泊的，没有华丽的耀眼的色彩。这种状况甚至使人怀疑这些作品孩子们是否会喜欢。

孩子们到底喜欢不喜欢这些作品，我没有做过调查，但有一点我是清楚的：我写的那些书总是有读者购买的。

现在，我不想谈孩子们到底喜不喜欢我的作品这样一个实际上无法考证的问题，我只是向诸位说明我在作品中为什么放逐了激情。

在这里，我想提醒大家注意一个客观情况：我是在大陆所独有的社会环境中长大的，而这里所说的"独有"，其中有一个很重要的东西,这就是,几十年来,大陆是在激情中度过的。

"激情"一词在辞典中是这样解释的:"强烈的具有爆发性的情感,如狂喜、愤怒等。"这种解释似乎过于简单了,凭藉这样的解释,我们无法与今天我们说"激情"一词时所产生的那种感觉契合。"激情"一词在今天被我们说到时,我们是这样来领会它的:它是一种达到极致的生命状态,是一种饱和的、昂扬的、亢奋的情绪;它是与平和相对立,更与消沉、颓废相对立,由积极的人生态度与生活态度所导致的一种情感形式;它是与"憧憬""理想""青春""朝气""积极""澎湃""浪潮""燃烧""沉醉"等一系列单词紧密相连,使这个世界永不能平静,而更多的时候呈现出"一顶顶王冠落地,一座座火山爆发"之状态的一种无法估量的力量。

对"激情"一词,捷克流亡作家米兰·昆德拉有着透彻的分析和深刻细微的见解。在他的《生活在别处》一书中,他通过一位古代哲人的目光发现,人类社会所发生的一切重大事件(如游行、集会、演讲,如战争、革命、运动等),都是由人的激情所导致的。与其他情感(如愉快等)不一样,激情是一种抵达终点的情感。这种情感不可常驻在胸,不可如珍宝一样收藏,不可按捺,更不可被压抑。它是一定要倾注、要宣泄出来的——必须抒发——抒情。抒情态度是每一个人潜在的态势:它是人类生存的基本范畴之一。人类本来就有抒情态度的能力。昆德拉这位流落到西方阵营的思辨型小说家,在对激情作了哲学性剖析之后,所得到的结论,更多的是贬义的。他并没有站在政治的立场上剖析它。因此,我们不可将他对激情的批判看成是一种与共产主义敌对的态度。他是站在人类的高度而不是站在某一阵营的角度来看待激情的。激情并不是共产主义特有的产物,而是人类共有的一种"基本范畴"。

在近一个世纪的时间里,与世界许多其他国家相比,中国更多的时候是将自己沉浸在激情之中的。对激情的分析,我们绝对不可以离开具体的时代背景。激情本身是很难加以褒贬的。它是一种纯粹的情感形式,只有观察、分析当它被引向何处去、产生何种效应的时候,我们才可以对它进行评论。

在几十年时间中,中国大陆始终处于激情之中。而这种激情是很让人怀疑的。激情很容易失之于矫情,而政治激情又最容易失之于矫情。矫情就是做作、不自然、装模作样,感情不必要地激动或悲恸,思虑不必要地"深刻"。在一切场合,都用大量空洞的辞藻去进行语言活动,而失去正常人的"人话"。矫情是一种让人厌恶的情感。人们在一种不真实的人造痕迹浓重的状态面前,会有一种别扭的、肉麻的、不舒服的感觉,其形状似在日常生活中一个搔首弄姿、扭扭捏捏,故作娇嗔状的女子样。

激情一次又一次地洗劫了中国大陆。它产生了无可估量的恶果。到二十世纪八十年代初,我像许多中国大陆人一样,对激情怀着厌恶。这种情况延伸为我对那些在感情上不能有所节制、任其流淌,甚至加以夸张的文学作品的厌恶。我越来越亲近于一种不夸张的、很有分寸的叙述。

对于文学,我越来越有自己的美学态度。文学乃是一种克制情感的叙述活动。

文学在表现生活,在情感或动作的强度上不应当作升格处理,而只应进行降格处理。我写过一篇关于沈从文先生的文章,题目叫《降格的艺术》。我认为沈从文先生是个懂得艺术真谛的作家。

他把生活中那些过于强烈的情感、弧度过大的动作省略掉，或者将它们控制在到达顶点前的一步。

诸位都知道古希腊的美学观。关于古希腊的美学观，德国评论家莱辛在《拉奥孔》一书中有最精彩的揭示。他以雕塑《拉奥孔》为例，分析道："雕塑中的拉奥孔为海上游来的巨蟒所缠，为什么没有因为痛苦而哀号？而只呈现一种克制的神态？"莱辛说，这是因为古希腊奉行美高于一切的原则。他又分析道：如果让拉奥孔父子哀号，那么他们的嘴就会大张，嘴大张就会露出一个黑洞，而黑洞是丑陋的，因此，希腊人会对到达极点的东西作降格处理。大概也是因为如此，所以诸位一般在我的作品中不太能发现有什么激情，不太可能看到怒目相瞪的仇恨和如火焚身的爱情，不太可能听到人物的喧哗之声，人物与物质的或精神的剧烈相撞的锐利之音。

当然，这与我倾向于"无为""疏朗""淡泊""超然""宁静"的生活态度也有一定的关系。中国传统的人生态度（是否是真实的态度，这可另作考证。这里所说的是在理论上被肯定、被宣扬的一种态度）大致可归纳为：去激情，重淡泊。也可以说弃动择静。这种人生态度经中国文人若干代经营，已达美学至高境界，极有引人趋向的魅力。

强调淡泊安静，正是因为中国古人早就看出人性中固有的激情与躁动不安的一面。西方人并非没有看出，甚至比中国古人看得更清楚。但两者处置的方式不一样。西方一方面让激情得以抒发，并对激情大加赞美，甚至以热情奔放、风流四方之人格作为最高品格的人格。反映在文学艺术上，西方的浪漫主义历史悠久，规模巨大而完整。拜伦、歌德、雨果、施莱格尔兄弟、夏多布里昂、尼采等都是浪漫主义者。于是西方文学艺术留下很多"激情文字"。另一方面,西方人则用冷漠抵消激情。我们可在西方现实主义这一文学艺术传统中得到强烈印象。西方的现实主义也是沉重而冷峻的。而在中国,一向少有对激情的赞美之词,一方面讲"克己",让人自我压制;另一方面则用平和缓解激情。

用平和缓解激情,这平和不可能天生,却又从何而来呢?这似乎可透过许多途径去获得,如策杖还山。人本是自然之子,后来成了社会之人。而这社会必起一个使人七情六欲皆蓬发至极致的效应。沦落于社会,就会使自己被欲火焚燃。这不光会使人身心俱疲、折寿短命,还注定使人生不可获得高的质量。人须静,而静之气质的获得,必是走出社会,走入山水田园。中国古代文人,差不多都试着这样去做了。他们走遍名山大川,不肯在一处人间滞留。或面对江河湖海、荒漠平川,或面对小桥流水、烟雨人家,静默领会大自然之静雅性情,而于晨风夜雨中,将肉身里那些灼热的欲情吹涤一空。于是,中国便留下了一个凡名山大川(甚至不是名山大川)皆有数代文人墨客留下文章与墨迹的洋洋景观。中国传统文化能将几乎一切日常生活皆变成到达虚静的途径,如饮茶、饮酒,如吃,如睡,如把玩美器等。关键在于从这一切的根本意义上作一次精神的升华入"道"。这些途径,就形式而言,就能使人去动趋静。这些形式,反映着中国人的情趣。

在中国现代文学史上,有一批作家是仰慕这种情趣文化的。他们一边在文字中对其加以颂扬,一边还亲身追随,企图进行这种人生态度的实验。张爱玲说:"我发现弄文学的人向来是注重人生飞扬的一面,而忽视人生安稳的一面……"她说她就喜欢写人生安稳的一面。而丰子恺、周作人和梁实秋也都有大量文字是交给这"散淡"作风的。"乐而不淫,哀而不伤"的中和之美,是中国古代文学艺术所确定的理想之美。鲁迅曾将这种美学归纳为四个字:温柔敦厚。但在二十世纪五十年代之后,这一种美学精神几乎彻底断绝了。激情伤害了中国大陆,也伤害了中国大陆的文学艺术。这一点,我在前面已经讲过。二十世纪八十年代,中国的文学艺术在有所觉悟时,寻根中国传统文学艺术,无论是在理性上,还是在情感上,都对中国"中和"之美表现出了一种内在的喜爱。汪曾祺作那样的文字,初时大概除了以作品表现传统人文精神的这一盘算外,更主要的,却还是从美学上来考虑的。汪曾祺并非是觉悟,因为他被那种美学精神感动过。此时,只是受了时代的刺激与默许,又再萌发出来而已。而后来的许多作家们"痛改前非",才真是一种觉悟。这里,有两个细节绝不可忽略。因为虽是细节,却足以让我们看出中国文学是如何回避与抛却激情的。这两个富有历史性的细节便是"啊"这个词与感叹号的使用频率渐小,在二十世纪九十年代几乎消失。"啊"和感叹号是配合深情长诉、哀恸欲绝、豪情勃发、热血沸腾、海誓山盟、顶礼膜拜的。一句话,是与激情相联的。二十世纪七十年代末,中国大陆文学依然在诗和小说中堆满了"啊"与感叹号,到二十世纪八十年代中期,却对它们日益反感,开始嘲弄它们,一见到它们时,便顿生一种矫情之感,甚至觉得它们——尤其是与感叹号配合的"啊"非常的恶心。许多作家再看自己从前的作品,见到它们横插其中,不禁汗颜,恨不能用刀立即将它们剜了去。

一九九〇年,大陆作家开始使用一个词:放松。这个词表明中国当代作家对文学有了一种实质性的理解(不愿意再总让文学去承担社会责任的重压),以及更清晰地确定了一种美学态度的高度浓缩。我的小说有这样一个实际背景。这样一个背景,使我对激情的文学艺术有一种骨子里的反感。

附:"曹文轩少年小说写作演讲·座谈会"记录①

时　　间:一九九五年四月三日下午
地　　点:台北市忠孝东路四段五五五号《联合报》第二大楼
　　　　　九楼会议厅
主 持 人:桂文亚
引 言 人:林　良
座谈嘉宾:曹文轩　张嘉骅　罗　青　张子樟

引言部分

桂文亚:各位来宾,大家午安,谢谢大家参加由《民生报》为北京大学中文系教授曹文轩先生举办的"少年小说写作演讲·座谈

---

① 收入时有删减。

会"。两岸儿童文学交流以来,我们知道了大陆的少年小说创作是相当重要的一支队伍,而台湾的少年小说相对似乎较受忽略,因此我们如果能透过作品的交流及观摩,倒是可以截长补短。《民生报》曾在一九九二年举办"海峡两岸童话·少年小说征文"活动,曹先生以《田螺》得到少年小说首奖后,我们又陆续读到他许多优秀的作品。一九九四年五月,我们出版了曹先生的长篇小说《山羊不吃天堂草》及短篇小说集《红葫芦》,并在同一年八月二十三日及九月十日举办了两场作品讨论会。当时有不少与会人士建议我们在讨论会中将作家请来做面对面的思想交锋,而事实上,我们很早就有此构想。

今天,曹先生到台访问及演讲·座谈会也正好为《民生报》推荐出版两岸优秀的儿童文学作家作品做了一个很好的范例。以后我们将为更多作家举办类似活动。

在一九九四年举办的两场作品讨论会中,与会人士对曹先生的作品做出了精辟的分析及解说,大家对于曹先生作品的语言冶炼、艺术情调和思想深度等都有很高的评价。而曹先生本人不只在创作上有很好的成绩,也是一位文学评论家。他不只一次强调儿童文学应该创造美的文本的观点,他甚至说过这样一段话:"当一个人的情感由于文学的陶冶,而变得富有美感的时候,其人格的质量丝毫不亚于一个观点深刻、思想丰富的人。"今天我们正可以面对面地就曹先生的美学观点,进一步地来推敲儿童文学在审美上的准则和概念。现在就正式开始今天的演讲,首先,我们请林良先生致引言词。

林　良:台湾"立法委员"要发表竞选演说,常常称呼大家——亲爱的父老兄弟姊妹们。我也借用他们惯用的称呼向大家致意——亲爱的儿童文学大家族的父老兄弟姊妹们,今天我们很高兴能够看到《山羊不吃天堂草》和《红葫芦》的作者,在这个聚会里现身。我们也很高兴能有这个机会跟一位我们所喜欢的儿童文学作家在这里相聚。我们真诚地欢迎曹文轩先生的光临,成为我们今天的贵宾。

我没有准备很华丽的欢迎词向曹文轩先生朗诵,因为我们的真诚在大家握手的时候,已经有更充分的表达。我只能说一个平实的故事,这个故事是用来颂赞少年小说的。这个故事也等于是我生平用我的心去阅读的第一本少年小说,在我的黄金的少年时代。

在我读小学六年级的时候,班上出现了六七个从别班转来的同学,都长得很帅,而且都会一点儿武功。他们都很有正义感,好打抱不平。他们的领袖是一个像"小马哥"那样的人,他对我特别照顾,理由是我太老实,容易受人欺负。每次他们在决斗的时候,都允许我在旁参观。他们决斗的情况是:两个人站好,一个动作,其中一个就捂着眼睛蹲下去了。另一个得胜的人就走了。我那时年纪小,很羡慕这样的人。

有一天,那位小马哥趁周围没有人的时候,送我一根小扁钻,后头还系着两条红绫。那时我们一般穿的是长袖制服和长裤,脚上穿着童子军的长袜。我于是把扁钻藏在长袜里。有一天在家里,我撩起长裤整理袜子,被我父亲看到扁钻上飘扬的红绫。当时他并没有说什么。

几天后,父亲跟我谈到福建南部一个县里的偏远地区两个村械斗的情形。我记得械斗最后的场景是:有的人眼睛被挖出来,有的人耳朵被削去了一半,有的人断了一条腿,有的人断了一条胳臂,有的人肚子被拉开,双手捧着肠子……父亲告诉我:每次冲突最初都是打杀,最后都是年长者出面,商量如何解决问题,立下规矩。最后他说:"前面的冲突其实是可以避免的。"说着,他就走了。我想了一会儿,就打开家里的窗户,然后把扁钻往窗外一扔,红绫在暮色里飘扬。

从此以后,我就不再跟小马哥接触了。父亲一个短短的故事,化解了我浪漫的暴力倾向。这可以说是我第一次读到的杰出的少年小说。

少年时代,是一个人成长过程中最短,但是也最美、最珍贵的人生阶段。因此,我想到杰出的少年小说作家所做的事实是在为一群少年读者短短两三年的需要而写下具有永恒价值的作品。大多作家皆自我期许写下具有永恒价值的作品,而忽略了少年读者只有短短两三年的需要。这就是少年小说难求的根本原因。少年阶段是那么短,同时又是那么美、那么珍贵,使我想起昙花。昙花的开放虽然短暂,但是它那么美、那么香,而且花瓣具有实用价值,可以泡昙花茶。昙花又使我想起少年小说,少年小说可以写得具有永恒的艺术价值,又可以对少年读者有所启发。

因此我又想到,少年小说作家们真可以组一个昙花社,大家互相激励,多多为少年读者写作。这也就是多多培植昙花,让美丽的昙花为少年读者而怒放!这是我的祈愿,谢谢大家。

座谈部分

张嘉骅：我跟曹先生同样出身中文系。今天与其说来出席座谈，倒不如说是来受教，因为曹先生的成果太丰硕了。

我读曹先生的作品，发现里头经常显露对人的尊严的展现，特别是那些生活悲苦的、受制于现实生活的人。如果说人的尊严可以定位为一种崇高性的和谐，那么，我在曹先生作品里所看到的人性尊严，都是经过冲突之后或反省后得来的。最明显的例子如《山羊不吃天堂草》里的明子，又如《金茅草》里青狗的爸爸。《妈妈是棵树》里秀秀捡柴只是为了换得一份"温热而尊贵的自尊"（曹先生语），这样的挣扎、执着和争斗到底是为了什么？在《拉手风琴的人》里的手风琴师说："我们大家都是在活，关键不在乎是在大楼底下还是廊檐下，而在于自己是一个人。"就为了要成为一个真正的人，和环境的冲突不断，拉扯不止。这终究得以展现的尊严，过程都不是那么平顺，尝起来味道总是那么苦涩，所以我把这尊严叫做"苦涩的尊严"。这在曹先生的作品中是一个很大的主题。刚才曹先生也提到，他是生活在大陆那样一个激情过度的时代，在那个环境里，就我们大家所知，经济问题、现实问题一直是大陆人民很大的困扰；而我们台湾在这几年，虽然富裕了，但是同样也要思考"人的尊严"到底要如何展现出来。这也是曹先生的作品让我联想到的问题。

此外曹先生作品里也经常显露美感情调的主题。这一点大家已经讨论很多了。您也提到自己是一个唯美主义者并期待儿童文学里多讲一点儿浪漫主义,但是我感觉您的作品并不是纯然美感的,我认为您作品里的美感情调是对于现实的渗透,进而从现实里呈现出一种不同于现实的,甚至于超越现实的东西。不管如何,仍脱胎自现实。我刚才也听到了您对语言的思考。语言作为思维、符号和讯息这样一个三角关系的综合体,到底是人文性的还是中性的?如果是人文性的,怎么运用语言都可以;如果是中性的,背后又是什么?其实每个时代、每个作家都有自己的语言风格,曹先生的风格固然是典雅的、沉郁的、梦幻的、天真的,但是不是也该让别人在语言的世界里去进行自己的感觉和创作?刚才曹先生提到有些作品对于肮脏的东西的描写,刚好桂文亚小姐站在我身边,她就悄悄对我说了一句:"你好像有这个倾向哦。"我即兴地回了一句:"道亦在屎尿之中。"事实上,儿童、少年的环境和思维是非常生活化的,说老实话,我十篇作品里如果没有五篇提到大便、屁股这些东西,我会不舒服。我认为我们并非用恶心的态度去描写它们,而是以一种非常接近儿童少年生活的角度去看它们。所以,我要为这一点争取一点儿发言权。

我看曹先生的作品一直很受感动,我认为曹先生的作品对文学界具有相当深刻的意义。今天见到曹先生,发现曹先生本人也是一个相当深刻的人。想问曹先生一个问题:在您的作品里经常会关注中国文化传统,就像《白胡子》,祠堂是陈旧的文化传统的象征,小说里写到亮子想拆掉整片祠堂,曹先生对于整个所谓传统是什么样的看法?有没有包袱感?或者有什么责任感?

曹文轩:我对中国传统文化的看法是有点儿矛盾的。大陆对于"文化大革命"发生的悲剧原因的探讨是有几个层次的。"四人帮"刚下台的时候,大家把这个悲剧归咎于这几个男女,后来发觉光是归咎于这几个人也不对,十亿人都参加了嘛。于是认为悲剧的原因是社会,或者说社会制度。这是第二个层次。后来发觉也不对,我们为什么能容忍这样的社会? 这时开始讨论:我们中华民族的性格有什么毛病没有? 而性格是由什么造成的? 是文化。这时大陆开始了第四个层次的讨论:反思传统文化。出现了一大批反文化和谈文化的作品,我也积极加入了这场论战。我觉得中国太古老了,包袱太沉重了,那时我是"仰起脸来望西方",欲寻疗治中国的疗方。后来我岁数也大了,年轻的锐气也减了,对这个问题渐渐不思考了。而且觉得这个问题特别大,一个人要摆脱塑造自己的文化太难了。

而这次去日本十八个月,对中国文化的思考有很大的改变。因日本对于中国古代文化的保存非常好,像茶道、围棋、相扑这些东西都非常可爱地保留着。对中国古代文化的意境、人生的趣味的体会使我对传统文化又有了不一样的想法。

罗　青:曹先生的《田螺》在一九九二年"海峡两岸童话·少年小说征文"评奖中,我们几个评委都很欣赏,后来台湾版的得奖作品集《大侠·少年·我》出版的时候,《田螺》还是我画的插图。我认为这是一篇结构非常紧密的佳作。

今年在"好书大家读"优秀少年儿童读物评选中,我们也极力推荐《山羊不吃天堂草》这部作品。但如以严格的文学角度而论,《山羊不吃天堂草》在结构上有些问题。与书名有关的重点故事在下册才出现,看完前半部,不知道小说题目和情节发展有什么关联。"山羊不吃天堂草"的故事好像在后面才忽然冒出来,解决后半部讨论的问题。小说里金钱在青少年生活环境中形成诱惑的重大主题,既然和隐喻人有所为有所不为的道德抉择有所关联,是否从一开始就应该有回忆穿插的伏笔,以逐层揭露法来配合情节的发展,以免显得《山羊不吃天堂草》这个为解决主人公道德选择的"钥匙"出现得太突兀。在我看来这是小说结构上的失误,也许曹先生另有解释。这是我第一个想提出来讨论的。

第二个想讨论的是,小说家有小说家基本的立场,如吴以青少年小说来看,作者愿意以青少年的眼光来看这个世界,至于怎么使用语言,把这个故事讲得有趣是另一回事。而且每个作家遇到的环境不一样,以我居住的地方来说,商店招牌如"懒得找钱""案发现场""想不出来"等,这都是台北的青少年生活中存在的。即使以中国大陆来说,也不是农业时代了。以后现代主义眼光看来,现在可以说是一个农业、工业、后工业社会并存的社会。因此作家的表现方式可以很多元。以文学作品作为艺术品来看,应当是非常精工磨炼的东西。以小说来说,我们从小说的结构、意象、象征、前后呼应、所有的副线这些形式上的东西来讨论。但在思想上,作家应该是有所作为的。曹先生的演讲中说到自己是古典主义者,但有浪漫主义的倾向,而且反对激情、反对现代派的写法,我想这完全是非常矛盾的。我个人觉得激情并无不好,应该反对的是滥情。"愁苦之言易巧,欢愉之词难工",因此作品应该写得含蓄,无论古典主义、浪漫主义都一样。而现代主义第一个论点就是反对浪漫主义末流的滥情。它基本上是一般二十世纪的现代作家最遵守的规律,台湾研究沈从文先生的人都认为他所有的写法都非常符合现代主义的手法。浪漫主义是西方工业化社会所产生的,一七六五年瓦特发明蒸汽机,经过法国大革命以后,一七八九年华兹华斯写《抒情歌谣集序》的时候,浪漫主义才产生。它整个发展不过四十年,一九四○年左右就结束了。一八六○年波德莱尔写《恶之花》承先启后,开现代派之先声,第一首诗就写一个死尸怎样腐烂,写丑恶是浪漫主义很大的特色。雨果就说美只有一种,丑有千种,浪漫派的诗人被称为恶魔诗人,他们喜欢写一些负面的东西。浪漫主义其实是工业化初期反对工业化,强调回归自然,也就是在工业化的特定条件下产生的。一八四○年至今,大家都无可避免地处在浪漫主义所谓的矛盾中。存在主义最基本的信条是"存在"先于"本质",它对西方天主教的命题做了非常深刻的反思。存在先于本质,存在环境塑造本质,所以对存在环境要特别仔细地描绘。如果存在主义的作家描写一个环境,使读者感到反感,可以说是达到了作品的目的,也可以说是达到了艺术上的成功。写法可以多样,作者的立足点在哪里最为重要。我们谈思想,不要从字面上误解唯美主义,唯美主义基本上是形式至上,福楼拜不是说"只有形式,没有内容"吗?希腊人基本上也不是唯美主义,希腊神话所有的神都代表人生的两面,希腊本身是讲究各方面比例的匀称,即最高的和谐。也就是说,我们讨论艺术本身的时候,艺术本身有具体的结构性的问题;讨论作家的出发点,作家各式各样的思想都可以有,看他先要哪一种思想,再找哪一种题材。作家有各式各样的立足点,我们当然不希望立足点是统一的。我想请问曹先生,一九七九年以后的中国作家写作的立足点在哪里?曹先生的立足点是在哪里?愿意采取什么写作态度来写作?

曹文轩：关于《山羊不吃天堂草》的书名和故事无关的问题，最早并不是这个题目，而是"山羊吃光天堂草"，后来无意中变成"不吃"，我忽然非常喜欢这个感觉，实际上当时小说本身还没有好好构思呢。因此这本书是题目先于作品，我纯粹是从音感和色彩上受到感动，而决定一定要写成作品。内容则是非常写实的，就是从我的老家到北京来的木匠发生的故事。造成作品内容和题目脱节有几个原因：

第一就是台湾版是上下两册，大陆是薄薄一本，感觉不至于差那么大。

第二则是我有意使题目和作品没有关系。题目在一部作品里可以扮演"魂"的作用。这个魂可以专门放到一个空间里来，不需要绵延到作品里。有部美国电影《沉默的羔羊》（原文《The Silence of The Lamb》应该译作《羔羊的沉默》），电影内容可以说与电影名字毫无关系，也给我这个想法提供了依据。我也喜欢看俄罗斯电影，觉得很大气，尽管其意识形态太保守。我看过两部俄罗斯电影，其中一部经常出现一个画面，是一个军乐队在一个很漂亮的河边演奏。这个场景非常震撼，但它跟整个故事毫无关联。另一部电影叫《岸》，也有一个极漂亮的场景，当时苏联处于战争的炮火中，一对年轻男女在河面上，男孩潜水到一个被炸沉到河底的教堂，把钟敲响，钟声从深水里传上来。这个场景和整个故事毫无关联。我在同一天看到这两部电影，便思考为什么这些毫无关联的东西融进去感觉却非常好。后来我总结出来，文学上有两个概念，一个叫情节关系，一个叫情调关系。我认为情调关系的联结是高于情节关系的。在写《山羊不吃天堂草》的时候，我始终比较重视情调关系。

第二个问题,我刚才的发言反复强调,最后又强调了一次,我不是一个浪漫主义者,我喜欢浪漫主义情调。在我的文学理论作品《中国八十年代文学现象研究》里就说过,激情是浪漫主义很本质的一个特征,德国很多浪漫主义者直言浪漫主义就是生活的激情。所以我一再强调,我不是一个浪漫主义者,我喜欢浪漫主义情调,实际上是喜欢浪漫主义的某些情调。这些情调就是对于自然的关注和特别的感受方式。浪漫主义确实喜欢写丑陋的东西,但它写的丑和自然主义写的丑还是不太一样。

另外,各个流派本身,不管古典主义、浪漫主义、现代主义、后现代主义,本身都有矛盾。为其下定义往往是为了方便,实际上涵盖能力是有限的,因为反例太多了。

对于"文化大革命",如刚才讲的,我基本上采取两个立场来看。一个是知识分子的立场,一个是作家的立场。就知识分子的立场,我对于"文化大革命"的看法是很明确的,我认为它是中国一场莫大的灾难。就作家写作文学作品的立场,我只是把当时的感觉呈现出来。

张子樟:曹先生一直提到所谓新现实主义的问题。我的观察是它大概是一种新的残酷主义,也许它是为了反映"文化大革命"中所发生的悲剧。刚刚曹先生提到知识分子的态度和作家的态度。两种态度有没有重叠的可能?我想可能"文化大革命"也给了作家很多写作的题材。

另外关于能不能写肮脏的东西,记得我听过黄春明先生的演讲,他说了一个很好的经验。他说有一天到一个小学和小朋友相处,那天刚好是玩泥巴的游戏,正巧下雨。泥巴掉到水里,小朋友就说泥巴和大便一样。黄春明心念一动,那一堂课就教小朋友关于各种动物的大便的知识。这种实际的教学可能对生活有帮助。我想假如文学离不了人生的话,可能丑、恶的那一面也免不了要描写。这同样也是见仁见智的问题。

曹文轩:今天我更多地是以创作者的身份来发言,比较偏离学术。关于新现实主义者描写的东西的问题,我也是从两种角度来看。一个是学者的角度,一个是作家的角度。我最近写了一篇两万字的文章,就是谈新现实主义。文章里谈的和我今天谈的是不太一样的。作为一个作家,我不喜欢写这些东西;但是作为一个研究者,我又充分地肯定它。我认为一个民族需要先锋文学,因为好的作品可能是从这种先锋精神来的。我最后就做这样的补充。